聖剣の刀鍛冶《ブラックスミス》

三浦勇雄

MF文庫J

口絵・本文イラスト●屡那
編集●児玉拓也

The Sacred Blacksmith

Prologue

プロローグ

親方はこちらが手渡した剣を見るなり難色を示した。

「お前さんも無茶を言う。こいつを打ち直すなんてな」

鍛冶場《かじば》である。

薄暗く手狭な、それでいて古い匂《にお》いがする工房《アトリエ》だ。新しさよりも古めかしさを思わせる炭の焦げ付いた匂い。鐘を鳴らすような甲高い音。親方の腰掛けるすぐ近くの炉で、弟子たちが赤く熱せられた鉄に三人がかりで鎚を振り下ろしていた。ひとりが鋏《はさみ》で鉄を押さえて手鎚で叩《たた》き、他のふたりが長柄《ながえ》の向鎚《むこうづち》で力強く交互に叩いている。叩かれる度に驚くほどの量の火花が四方八方と迸《ほとばし》り、離れて傍観している彼女の足元にも飛び散ってきた。

鍛冶場は熱い。炉の中では炭が燃え、さらに別の片隅では弟子たちが溶かした鉄を鋳型《いがた》に流し込む作業を行っている。室内にはかなりの熱がこもり、ここを訪れて数分足らずで彼女は服の下がじっとりと汗ばんでくるのを感じていた。

彼女が対面している親方は白髪《しらが》と皺《しわ》の目立つ、初老の男性だ。炭に汚れた作業着をまとい、紙巻の煙草《たばこ》をくゆらせている。彼は彼女から渡された剣を目で見、指で触れ、簡単に品定めするがやはり諦《あきら》めたように嘆息してしまった。

「ずいぶんと古い——戦後に作られた、大陸の基本型の剣だな。傷が多いし、打ち直すにしてももう素材が限界を越えている。どう見ても寿命だ」

それは意匠にこだわりのない、シンプルな両刃《りょうば》の剣である。刀身は鈍い輝きを放ち、刃はところどころが欠けていた。一見して使い古されたひと振り。親方の言う通り切っ先《きさき》の方に、欠けたような細い筋が横切っていた。

「どうしても……無理だろうか。訓練中にヒビが入ってしまって」

絞り出すような声で問うが、親方はあっさりと首を横に振った。

「無理だね。この剣をどうしても再利用したいって言うのなら、一度完全に溶かして作り直すしかない。それじゃ駄目《だめ》なんだろう?」

彼女は頷《うなず》く。

「そういうことなら諦めてくれ。そもそもウチは剣の打ち直しは受け付けてねえんだ」

彼は鋳型台の方を振り返る。数十本分の剣身の型に流し込まれた鉄が、もうもうと蒸気を発していた。

「ウチは鋳型専門の鍛冶屋《かじや》でね。決められた型の剣を注文された分だけ作って卸す、そういう工房さ。ウチだけじゃない、この都市はもちろん大陸のほとんどの鍛冶屋がそうだ。

剣を一本一本鍛錬《たんれん》する工房《アトリエ》なんざ貴族や王族の抱える名の通ったところくらい。昔はそりゃそういう工房の方が多かったがね、あの戦争が時代を変えたのさ」

彼女は腕を組んで「むぅ……」と唸《うな》った。

困った。

「この際新しい剣に乗り換えたらどうだい。見たところこの剣、使い込まれているがそれほど優れた剣というわけでもない。剣の性能だけ見れば後ろ髪引かれるものでもないと思うが」

親方の言うこともっともだが、かと言って素直に頷《うなず》きがたい。激しく後ろ髪引かれる。これは彼女にとって特別な剣なのだ。

――せめてこの剣に代われるような物があれば。

この剣のように、自分にとって特別足り得る剣が見つかればいいのだが――。

「お前さん、自衛騎士団の団員なんだろう?」

こちらの格好を見たのだろう、親方が言った。

彼女が着ているのは黒のインナーに肩当て、胸当て、ブーツ、ペンダント。全体に軽装ではあるが、独立交易都市公務員である自衛騎士団、その団員に課せられた、規定の制服を概《おおむ》ね遵守した格好だ。

「騎士団と言えば独立交易都市の公務職。それなりに懐《ふところ》も暖かいだろうから値の張る剣だって買えるんじゃないかね。それこそ来月には市《いち》もあるからそこで探すのも悪くない。噂《うわさ》じゃ『魔剣』も出るらしいぞ」

「親方、申し訳ないがあなたの認識は間違っている」

やんわりと告げ、彼女は訂正した。

「勘違いされがちだが、この独立交易都市の抱える自衛騎士団は一般の騎士団と性質が違う。国に仕える騎士は貴族の出自が多いが、我が都市の自衛騎士団は市民からの公募で成っている。加えて公務職といっても給料はピンからキリ、一団員の私には得物《えもの》を自由に選択できるほどゆとりは無い。まして『魔剣』など一生手が届かないだろう」

「へぇ。騎士団と言えど都市の一市民に変わりは無いというわけかい」

「そういうことだ」

「……にしては、お前さんはちょっと違うな」

親方は顎《あご》を撫《な》でながら首を横に傾ける。

「市民と言うわりに物腰に品がある」

彼女はふっと笑った。

「我がキャンベル家は元貴族だからな。その名残りだ」

それはさておき、肝心の得物をどうしたものか。

そのとき工房に、慌《あわ》てた様子で弟子のひとりが駆け込んできた。彼は親方の許《もと》ではなくこちらに寄ってきて言った。

「おねえさん、自衛騎士団の人なんですよね」

「そうだが」

「なんか外で浮浪者が暴れてるらしいッスよ。ちょっとした騒ぎになってる」

彼女は眉《まゆ》をひそめ、親方を振り返った。彼は心得たように剣を返してくれた。

「お前さん、今日は休暇なんだろう？」

「理由にならないな。……失礼する。機会があればまた会おう」

剣帯に吊《つ》るしていた鞘《さや》に剣を納め、踵《きびす》を返す。小走りに工房《アトリエ》を後にしようとしたところで「ひとつだけいいかな」と引き止められた。

肩越しに振り返ると、親方が紙巻煙草《たばこ》を吹かしていた。

「女の騎士は初めて見る。記念に名前を聞かせてくれないか」

「……独立交易都市公務員三番街自衛騎士団所属」

彼女は頬《ほお》を緩め、名乗りを上げた。

「セシリー・キャンベルだ」


工房を飛び出したセシリーの瞳《ひとみ》に、陽光が突き刺さった。薄暗い空間から日中の屋外へと飛び出した故《ゆえ》、彼女は一度目を細めて視力の回復を待つ。

店々が軒を連ねていた。

左右を商店が対面するように壁となり一本の長い道を作っている。彼女の訪ねていた工房はその商店街の最も端にあった。他の商店は小物や生活用品を取り扱うものが多い。

独立交易都市ハウスマン。三番街。中央大通り。『物』の商店街。

賑《にぎ》わう商店街――しかし今ばかりは人の流れは停滞し、人々は足を止めていた。いつもの喧騒《けんそう》は話し声の集合ではなくざわめきに変わり、人だかりができている。

「なんだ？　何かあったのか？」「見えない。何だ」「誰《だれ》か暴れてないか」

市民の会話を断片的に拾ったとき、人だかりの奥から女性の悲鳴が響き渡った。続くのは男の怒声、どよめき。

遠く人の壁の上に、振り上げられた手斧《ておの》のシルエットが見えた。

「いけない」

石畳の道を、セシリーのブーツが蹴《け》り叩《たた》いて走った。

肉付きのいい長身が飛ぶように疾駆する。癖のない、真《ま》っ直《す》ぐな髪が肩の上で撥《は》ねる。

彼女の赤い瞳《ひとみ》は前方を睨《にら》み据え、引き結ばれた唇は力強い。

退《ど》きなさい、と吼《ほ》えると立ちすくんでいた市民が慌《あわ》てて道を開けた――さざなみのように道が生まれていく。都市の騎士団に女性は珍しく、くわえて胸当てが少々豊かな胸を強調しているため好奇に満ちた視線を集めたが、セシリーはその注目を振り切り一直線に走り抜けた。

「自衛騎士団の者だ！」

セシリーは群集の中から飛び出す。足を止めた人々が輪を作った空間――そこで、ひとりの男が手斧を振り回して暴れていた。

「貴様、何をして」

言いかけてセシリーは鼻の曲がるような異臭に眉《まゆ》をしかめた。

男が身に付けているのはボロボロに着古され端々のほつれたコートに薄汚れた履物。蓬《ほう》髪《はつ》、髭面《ひげづら》、裸足《はだし》。一見して浮浪者とわかる格好で、異臭の正体は酒の臭《にお》いと体臭らしかった。顔立ちの皺《しわ》の量からかなり年を食っていることがわかる。

男は呂律《ろれつ》の回らない口調で何事かを叫《さけ》び、右手に握った手斧と空の左手を闇雲《やみくも》に振り回してこちらを牽制《けんせい》した。群集がどよめいて後ずさる中、セシリーだけがはっと息を飲む。

――指が無い。

男の左手は抉《えぐ》られたように小指、薬指、中指の三本が欠けていた。これは――

天を突く男の咆哮《ほうこう》にセシリーは意識を引き戻された。男が大粒の涙をこぼしながらこちらに躍りかかってきたのだ。咄嗟《とっさ》に腰の剣を抜き、振り下ろされた手斧を受け止めた。腕を伝う痺《しび》れを、唇を噛《か》んでこらえる。

ぎりぎりと不快な摩擦音を立てて互いの剣と手斧とが押し合う。浮浪者はずいぶんと老けているように見えたがその腕力は予想を大きく上回り、セシリーの剣は徐々に押され始めた。負けまいとして男の眼差《まなざ》しを睨み返し――

怯んだ。

男は眼《まなこ》を血走らせ、野生の獣のように低く唸《うな》り声をあげていた。唾液《だえき》はだらしなく喉元《のどもと》を伝い、荒々しい鼻息がセシリーの頬《ほお》にかかる。

そして充血した双眸《そうぼう》からは滂沱《ぼうだ》と涙が流れていた。
「何故《なぜ》だ……何故俺《おれ》が、俺ばかりが迫害される……何故俺は救われない……」
人間離れした形相《ぎょうそう》だった。
鼻息が、視線が、涙が、異臭が。
男のあらゆるものがセシリーの戦意を削《そ》ぐ。
「な、なに……?」
なんだこの男は。
震えは身体《からだ》の芯《しん》から湧《わ》き上がった。嫌悪感と未知への恐怖感がセシリーの力を鈍らせ、
そしてはた迷惑なことに今の今まで失念していたことを思い出させてくれた。
——初めての、実戦。
「何故だァアアア」
競り合いに痺《しび》れを切らし、男は手斧《ておの》を引いて乱暴に何度も叩《たた》きつけてきた。刃物を扱う
それではなく鎚を振り下ろすような、「斬《き》る」ではなく「壊す」といった挙動だ。強引に
相手を破壊しようとする、垂れ流しの殺意と暴力。
男の猛攻に、セシリーは急激に気後れしていった。男の視線に射抜かれただけで力が抜
ける、筋肉が強張る、下半身がすくむ。訓練で培い身につけたはずの剣術の型や足の運び
が思い出せず、受け身のまま剣で手斧を受け止めることしかできない。衝突の度に火花が
散り、振動がますますセシリーの下半身を地面に縫い付けた。

「く、ぅ」

――情けないぞセシリー・キャンベル！

このように多くの人が見ている前で無様な――。ほとんど自分への怒りをはずみにセシリーは剣を大きく振り被《かぶ》った。冷静さを欠き、腕の力だけで振り下ろす。柄《つか》の握りも不確かで素人《しろうと》同然の斬撃《ざんげき》だった。

脳天に振り下ろされるそれを、男は手斧の刃で受けた。

耳障りな衝突音が響き渡った。

「え」

奇妙な手応《てごた》え。何が起こったのかすぐにはわからなかった。

凍りつくセシリーは背後で何かが突き刺さる音を聞く。肩越しに見やればそこには――折・れた剣の先が地面に刺さっていた。

振り切られたセシリーの剣は、半《なか》ばから先が無くなっていたのだ。

――私の剣が。

キャンベル家の剣が……っ。

硬直は決定的な隙《すき》を生む。セシリーの身体に男の影が重なりはっと顔を上げるが遅い。

脳天に迫る刃物。空気を裂いて手斧の凶刃が額のやや上に落下してくる。セシリーは為《な》す術《すべ》も無くその落下を見つめ――

ふと『彼』の存在に気付いた。

え、というかすれた声がセシリーの喉《のど》から零《こぼ》れ落ちる。いつの間にそこにいたのだろう、『彼』は対峙《たいじ》するセシリーと浮浪者のすぐ横に忽然《こつぜん》と出現していた。セシリーは視界の端にその姿を捉《とら》え、そして吸い寄せられるように『彼』の動きを目撃する。

流れるような抜剣。

『彼』の右手は腰の剣に触れ、そして柄《つか》を握り込む。わずかに沈む上体。次いで抜き放たれた剣は滑るように空間を薙《な》ぎ、鞘走《さやばし》りにより生まれた火花が宙に散る。閃光《せんこう》のような一撃。

『彼』の剣は浮浪者の手斧《ておの》がセシリーの額を割るより早くその間隙《かんげき》にもぐり込んだ。彼女の鼻先を通過した剣は手斧と接触し、その手斧の刃を斬り裂いていく。無論斧は鉄でできているはずなのだが——まるで木板でも断ち切るように剣の刃は鉄斧の身に滑り込み、そしてその半《なか》ばで停止した。

剣圧で持ち上がったセシリーの前髪が、柔らかく額に落ちる。同時にセシリーは肌が粟《あわ》立《だ》つのを感じていた。

「…………あ、ぅ」

間一髪。

手斧は彼女の額に触れるか触れないかの位置で静止していた。射抜くように『彼』の剣が横から貫き、斧を空中で食い止めたのだ。

セシリーはもちろんのこと浮浪者もまた半端に斧を振り下ろした体勢で動きを止めている。酔いも吹き飛んでしまったように幾度も瞬《しばたた》く。

セシリーも、今起こった現象に我が目を疑うばかりだ。

「なん、だ？」

剣が、鉄を斬《き》った……っ？

尋常でない速度の抜きと斬撃《ざんげき》。それらを辛うじて目で追えたのは奇跡に近い。セシリーは場違いにそう思う。

すっ、と剣が斧から引き抜かれた。そのときようやく凍結していた時間は動き出し、浮浪者の男は後ずさって距離を取った。酔いと興奮で紅色に染まっていた顔面は今や蒼白《そうはく》に変色している。男は完全に正気を取り戻し、その目に理性が窺《うかが》えた。

かちり。剣を鞘《さや》に収める音に、セシリーも浮浪者も遠巻きに見ていた市民も——この場に居合わせた全員が一点に視線を注いだ。『彼』にだ。

青年だった。

年の頃《ころ》は十代後半といったところ。煤《すす》汚れた薄手の作業着に、短髪。動揺する周囲を余《よ》所《そ》に、口元に軽薄な笑みを浮かべていた。

セシリーは彼の腰元に目をやり眉間《みけん》に皺《しわ》を寄せた。

——なんだあの剣は。

青年は黒拵《くろごしら》えの鞘《さや》を腰に提《さ》げていた。

妙に細く長いシルエット。ゆるやかな反《そ》りを描くそれはあまり見たことのない形状をしていた。

「あんた、『悪魔契約』の経験者だな。戦争の生き残りか」

低いがはっきりとした声。青年の指摘に浮浪者は慌《あわ》てて左手を右腋《みぎわき》に挟んで隠した。

『指の欠けた左手』を。

そうか、とセシリーは気付いた。

肉体の部分障害は過去の『悪魔契約』の経験を証明する事例が多い。『悪魔契約』とは現在は大陸法で禁忌《きんき》とされた契約信仰のひとつであり、故《ゆえ》に——

「大方それをネタにからかわれて堪忍袋の緒が切れた、ってところか」

周囲の市民に気まずい空気が漂ったことが青年の推測を裏付けていた。浮浪者は思い出したように「何故《なぜ》……救われない……何故……何故」と繰り言を呟《つぶや》き始め、うつむいて肩を落とした。

青年がこちらを振り返った。黒く、底の見えない眼差《まなざ》し。黒々とした左目を奇妙に見開き、右目を薄く細めている。セシリーは一瞬息を呑《の》むが、すぐに気を取り直して呼吸を整えた。

「助かった。あなたの協力に感謝す——」

「リサ」

ハイ、という返事がセシリーの後ろでし、ぱたぱたと少女が青年に駆け寄っていった。青年は自分ではなくこの少女を振り返ったのだと気付いてセシリーは頬《ほお》を赤くした。

少女の歳《とし》は十二、三くらいだろうか。青年の肩にようやく届こうかという背丈。ブロンドの頭髪を頭の後ろでひとつに束ね、青い大きな瞳《ひとみ》で青年を見上げる。青年と同じように煤《すす》に汚れた作業着を着ていた。その小さな身体《からだ》にはいささか大き過ぎるリュックを背負い、腰回りのベルトにも幾つも小袋を提げ、体格に不相応な重量の付属物を身に付けていた。

「怪我《けが》はありませんか?」

「ねえよ。お前も見てただろ」

「そうですね。ルークは強いですもんね。……………あのっ」

無邪気に頷《うなず》いてから、少女はセシリーに恐る恐る話しかけてきた。くりくりと大きな瞳だ。

「な、何かな」

「この人どうなるんですか?」

この人、と少女が示したのは、例の浮浪者だ。彼は地面にうずくまり相変わらず何事か呟き続けている。

「……無論、拘束《こうそく》するつもりだが」

「見逃してもらえませんでしょうか」

「何だって?」

「確かにこの人も暴れちゃったのは悪いことですけれど、でもその前にこの人をいじめた人たちがいることも確かです」

「君の言いたいことはわかるが……再犯の恐れがある。見逃すわけにはいかない」

「仕事熱心なのは結構だが」青年が割り込んだ。「もう行っちまったぞ」

「え？」

いつの間にか浮浪者の姿が消えていた。慌《あわ》てて見回すと、群衆をかき分けて逃げ出す背中が遠目に見えた。

商店街の通りは事件の終息を察してすでにいつもの賑《にぎ》わいを取り戻しており、浮浪者の男は瞬《またた》く間にその中に溶け込んでしまう。

「待っ——」

追おうとして、不意に腰が砕けた。「うひゃぁっ」という間の抜けた悲鳴をあげてセシリーは尻《しり》からすっ転んだ。無様な悲鳴をあげたこと、実は腰が抜けていたことの二重の意味でセシリーは顔を真っ赤にした。

浮浪者はもう完全に人波の中に消えてしまっていた。

笑い声に顔を上げると、青年が意地の悪い顔で笑っていた。

「大した騎士殿だな、ええ？」

「う、うるさい！　黙れ！」

怒鳴るが、立てない。青年は笑うばかりで手も貸してくれない。先ほどは助けてくれたのだからいい人なのだと思っていたが、まったくそれは勘違いだったらしい。笑う青年を「笑っちゃ駄目《だめ》ですよっ」とたしなめている少女はいい子だがこの状況では逆効果だ。

今頃《いまごろ》騒ぎを聞きつけ、別の騎士団の団員がやって来た。遅すぎる。セシリーは不機嫌に浮浪者のことを伝え、自分の代わりに後を追ってもらった。

「あの、大丈夫ですか？」

少女が心配そうに言ってきた。

「あ、ああ。いや手は貸してくれなくてもいい。すまないな」

恥ずかしいことにしばらく立てそうに無い。なんとか膝《ひざ》立ちを維持するので精一杯だったので回復するのを待つことにした。

手持ち無沙汰《ぶさた》に青年と少女を見やる。

「配達任せたからな。寄り道するなよ」

「ハイ了解です、任されました！」

少女が笑顔で応《こた》え、ふたりは別れてそれぞれ人込みの中に消えてしまった。

ぼうっと見送ったセシリーは、喧騒《けんそう》の中でひとり取り残された。

「………………あ」

すっかり忘れていた。右手にずっと握ったままだった剣。改めて確認するまでも無くその剣身は中心辺りから皮肉なほどきれいに折れて無くなっている。

――折れてしまった。

寿命だとは聞かされていたが、その数分後に本当に折れてしまうとは。大事な剣だったのに……気持ちが急激に落ち込んでいく。

代わりの剣を用意しなければいけない。今日は非番だが明日には遠征もある。どうしたものだろうか。折れた剣を鞘《さや》に収めて考え込んでいると——それが目に入った。

「……これは」

先ほどの浮浪者が持っていた手斧《ておの》が、無造作に地面に投げ捨てられていたのだ。

セシリーは吸い寄せられるようにそれを手に取り検《あらた》める。斧の刃が中央に至るまで鮮やかに切り裂かれていた。非常に滑らかな斬《き》り口だ——これを成したのが剣だという事実が信じられない。

あの青年の剣は、鉄を斬ったのだ。

今さら、ぶるっと震えが来た。

——ほ・し・い。

あの剣がほしい。セシリーは不意に湧《わ》き上がった衝動のまま立ち上がった。まだ足元はふらついていたが歩けないほどではない。群衆を見回し、青年が向かったと思われる方角に歩き出す。独立交易都市三番街、『物』の商店街は都市の中でも三本指に入るような賑《にぎ》わいを見せる場所である。当然のことながら青年の姿はすでに見えない。

「くそっ」

毒づき、それでも諦《あきら》めずに見回す。乱暴に人波を掻《か》き分け眉《まゆ》をしかめられても、セシリ

ーは闇雲《やみくも》に歩いた。すると、

「ん？」

青年ではなく少女の方を見つけた。

彼女は商店街の隅っこで立ち止まり、道行く人々をぼうっと眺めていた。あまりにぼうっとしているせいか口の端から少しだけヨダレが垂れている。

少女の視線は母親に手を引かれる別の女の子に向いていた。上半身がぴったりとした毛のカートルを着た、白い髪覆いを被《かぶ》った女の子だ。その子を見つめていた少女は、自分の煤《すす》汚れた作業着を見下ろし——ちょっと切なそうにため息をついた。

「かわいい服……いいなぁ」

「もしもし。よろしいか」

「ひっ」煤の詰まったような声を出し、「し、してないですよっ？　寄り道なんてしてないですいいえ嘘《うそ》です寄り道してましたごめんなさい！——って」

少女はびくんと背筋を伸ばし、振り返り様に早口でまくし立てたが、セシリーに気付いて「あ」と声をあげた。

「先ほどの……」

「突然すまない。私は独立交易都市公務員三番街自衛騎士団所属、セシリー・キャンベルという者だ。よろしく」

「あ、これはご丁寧にどーも。私はリサと申します」

リサは行儀良くお辞儀をし、「それで何用でしょうか？」と首を傾けた。

「君が先ほど一緒にいた青年。彼——いや彼が帯びていた剣のことについて聞きたい」

「？　ルークの剣ですか？」

青年の名前はルークと言うのか。

「彼はあの剣を一体何処《どこ》で手に入れたのだろうか。あれほどの業物《わざもの》だ、相当名のある工房《アトリエ》の物に違いない。そうだろう？」

大きな瞳《ひとみ》を瞬《しばたた》いていたリサは、やがて合点《がてん》がいったように微笑《ほほえ》んだ。

「あれはルークが自分で鍛錬《たんれん》したものですよ」

「……なんだって？」

今度はセシリーが目を瞬かせる番だった。

「私とルークは鍛冶屋《かじや》を営んでおります。私は助手みたいなものですけど」

「鍛冶屋を……それは何処にあるのだろうか」

「七番街のはずれ、『ハウスマンの森』近くで工房を開いています。今日はこちらにご注文の包丁《ほうちょう》をお届けにやってまいりました。ルークは先に帰っちゃいましたけど」

「七番街に？　聞いたことがない……」

「時代遅れの古臭い鍛冶屋ですから。マイナーですし知らなくて当然ですよ。主人も無愛《ぶあい》想《そう》ですしね。……あの、今言ったことはルークには内緒にしてくださいね？」

慌《あわ》てて唇に人差し指を当ててるリサに、セシリーは口元を綻《ほころ》ばせる。単純に目の前の少女

に対して好感を持った。だから、

「教えてもらえないだろうか」単純に知りたいと思った。「君たちの工房《アトリエ》の名前を」

するとリサは平らな胸を張り、快活に答えた――。

「『リーザ』と言います！」

悪夢のような争い――『代理契約戦争《ヴァルバニル》』を終えて四十四年。

大陸は安定期を迎えていた。

『悪魔契約』は禁呪とされ、人外の獣は人里を避けるように生息し、戦争の教訓から軍国、帝国、群衆列国は棲《す》み分けを行っていがみ合いを無くし、すべての奇跡は『霊体』と『祈祷《きとう》契約』で理論付けられ、日々の生活に応用される。

そんな時代。

大陸の隅にある独立交易都市ハウスマン。

沿岸部の火山帯を囲むように都市が展開し、大陸のあらゆる国家から独立した交易都市。罪無き人々から搾取し、住む場所を奪う不毛な戦争からの脱却を叫《さけ》んだ先哲《せんてつ》、ハウスマンが一から開拓を始めた。極めて特殊な土地の性質上、様々な物資の交易拠点となり、都市は今なお発展の途上にある。

この独立交易都市を、人はかの先哲《せんてつ》に敬意を表し『ハウスマン』と呼んだ。

物語はこの都市の、とある一軒の鍛冶屋《かじや》から始まる——。

The Sacred Blacksmith

プロローグ

Prologue

第1話 Knight——騎士

1

独立交易都市ハウスマンは街同士の集合体からできている。

都市は一から七の街で成り、それぞれの土地に居住区や市場、公務役所が設けられ都市規制がされている。当時、開拓者である初代ハウスマンの許《もと》に次々と人が集まり、その規模がひとつの自治組織で管理できないまでに広がったとき、今のような都市の区分けが行われた。

都市は沿岸部の火山帯と隣接しているが、その間隙《かんげき》に森林を挟んでいる。通称『ハウスマンの森』と呼ばれるこの森に最も近い位置に配されたのが、七番街である。ここは『街』という名称も名ばかりの土地——と言うのもほとんどが農地から成っているのだ。都市が発展支援として人を雇い、運営している巨大な農地だった。

その農地を抜けた森林帯、七番街のはずれ、『ハウスマンの森』のそばに、

「鍛冶屋《かじや》があったのか……このようなところに」

意外な思いでセシリーは呟《つぶや》いていた。

リサが注文の品——彼女の工房《アトリエ》で作られた調理用の刃物——を届けるのに付き添い、その後彼女に連れられてセシリーは七番街の奥地に来ていた。ここにリサが助手として働く工房《アトリエ》『リーザ』があるらしい。

セシリーの目の前には白色の森が広がっていた。正式な名称を持たず、都市設計当初から便宜上『ハウスマンの森』と呼ばれている森だ。太い幹の木々が立ちふさがるように視界を横切り、その根元には絡みつくように草木が生《お》い茂《しげ》っている。そしてそれらすべてが濃く重く白い灰を被《かぶ》っていた。

セシリーは視線を森から上空に向ける——空の色が真っ二つに割れていた。眩暈《めまい》がするほど青く澄み渡る空が、森を境に灰色に染められている。灰だ。この森の向こうに鎮座する火山の吐き出す火山灰が、森を覆い、そして上空を埋め尽くしている。そのため「灰被《はいかぶ》りの森」とも呼ばれている。にもかかわらず森は枯れることなく存在し、火山灰は森を越えて七番街の農地を襲ったりはしない。奇妙な調和——今でこそその仕組みは解明されているが、三番街に住むセシリーには未《いま》だに見慣れない光景だった。

森の真上、灰の帳《とばり》の向こうにうっすらと火山帯の稜線《りょうせん》が見える。視線を戻すと森にほど近く、一軒の家が建っていた。

古めかしい板張りの家屋だ。表面が雨風に黒ずみ、森から地面を伝う白い蔦《つた》が何本も壁面に這《は》っていた。一歩間違えば廃屋に見えなくもない佇《たたず》まいで、それも普段は人が訪れないだろう立地である。そうと知らなければとても人が住んでいるようには思えない。

しかしここが目的の場所なのは確からしかった。

「ささ、どうぞどうぞ」リサが意気揚々とセシリーの手を引いた。「ルーク、お客様をお連れしましたよー」

心の準備もできないうちに、リサは玄関の扉を開けてずかずかと入っていく。セシリーは恐る恐る入り口から頭を覗《のぞ》かせた。

……うん？

ずいぶん暗いな、というのが第一印象だった。灰被《はいかぶ》りの森を背景にしているためだろうか、日中にもかかわらず家の中はひどく薄暗く、内装の輪郭が捉《とら》えにくい。だから、

「客？　今日はそんな気分じゃないんだが」

ふと視界の外から発せられた声にセシリーは驚いて声をあげそうになった。

慌《あわ》てて振り返った先に、青年はいた。

鎧戸《よろいど》の開かれた窓辺で椅子《いす》に座っていた。何か読んでいた途中らしく手には文章の綴《つづ》られた紙片がある。その腰に先ほどの剣はなかった。

「ルーク、紹介いたします。こちら騎士さんのセシリー・キャンベルさんです。キャンベルさん、こちらウチの親方のルーク。私はお茶入れてきますんでごゆっくりどうぞです」

え。セシリーが何か言う前にリサはテキパキと紹介を済ませ、部屋の奥に行ってしまった。取り残されたセシリーは無言で青年――ルークと視線を交わす。沈黙。気まずい。

仰々しいほどに大きく咳払《せきばら》いをし、セシリーは手を差し出した。

「独立交易都市公務員三番街自衛騎士団所属、セシリー・キャンベルと申す。先ほどは世話になった。礼を言う」

「……ルーク・エインズワースだ」

ルークはこちらが差し出した手を一瞥《いちべつ》したが、それだけだった。席を立つ気配も無い。

「む？」

差し出した手を軽く上下に揺らしてみる。しかし。

「そういう堅苦しい挨拶《あいさつ》は苦手なんだ。悪いな」

「……」

セシリーは少し考えてから、おもむろにルークに歩み寄った。

「!? な、なん……っ？」

驚いたように身を引くルークの右手を無理矢理取り、ぶんぶんと縦に力強く振った。

「よろしく」

言うそばから手を振り払われたが、セシリーはあまり気にしなかった。

「人間関係は挨拶から始まる。私の父の教えだ。疎《おろそ》かにしてはいけない」

どうやら今の行動は彼の理解の外にあったらしく、何か不気味なものでも見るような目をしている。セシリーは肩をすくめた。無礼な男である。緊張して損をした。

「何なんだお前……」

取り合わずセシリーは部屋を見回した。職人の家にしてはずいぶんさほど広くない。特に置物もなく簡単な調度品があるだけ。職人の家にしてはずいぶんとサッパリしているな——と思いきや、セシリーは手持ち無沙汰《ぶさた》に室内を見回してようやくそれに気付いた。

「お前、本当に客なのか。まさかさっきの話の続きとか言わないだろうな」

「それはもういいんだ。それよりもここは鍛冶屋《かじや》と聞いた。注文がしたい」

へえ、そうか。嘆息交じりに呟《つぶや》き、ルークは手元の紙片を卓《つくえ》の上に放《ほう》ってこちらに向き直った。無愛想《ぶあいそう》ではあるが思った以上に口は回るらしく、すらすらと説明してきた。

「注文は何だ？　多分リサから聞いているだろうが、ウチは鎌《かま》、鉈《なた》、鍬《くわ》、鋏《はさみ》みたいな生活用の刃物から農具、燭台《しょくだい》なんてのも受け付けてる。金物ならたいていはいけるな。ああ、でもアクセサリーとかは勘弁してくれ。あくまで実用品限定だ。しかし騎士のあんたがなんでウチみたいな鍛冶屋に——」

「それと同じのを、私に作ってほしい」

ルークの目の色が変わるのを、セシリーは見逃さなかった。

それ、とセシリーが指差したのは壁に留め金で固定された、ひと振りの剣だった。

片刃の、緩やかな反《そ》りのある剣である。柄拵《つかごしら》えは無く、なかごの剥《む》き出《だ》しになった剣身。

峰は黒い光沢を放ち、刃は銀色に輝いていた。

不思議な存在感を放っている。薄暗い部屋の中でもわかるほど確かな艶《つや》があり、特にセシリーの気を魅いたのは表面を波打つように走る美しい刃文だった。あのような模様を帯びた剣は彼女の知る中でも見たことが無い。額に納められているわけでも無く無造作に飾られていたのだが、何故《なぜ》かひどく魅かれた。

ひと目見ただけで気付いていた。あのときは残像でしか捉《とら》えることはできなかったが、これはつい先刻《さっき》街中で見たルークの剣と同種の物だ。ルークの放った斬撃《ざんげき》と目の前にある剣のシルエットがセシリーの中でかっちりと重なる。鉄を斬《き》るイメージが脳内で明確に再現できる。これだ。

「この剣と同じ業物《わざもの》を、私に打ってくれないか」

ルークはひどく難しい顔をしていた。じっと何かを推し量るようにこちらを見つめ、やがて口を開いた。「悪いが――」

「そういえば折れちゃいましたもんね。キャンベルさんの剣」

話を聞いていたらしい。部屋の奥から、お盆を持ったリサが言いながら出てきた。どうぞ、と彼女はセシリーにお盆の上に載っていた茶を差し出す。

「セシリーで構わない。……これは？」

「森で採った葉を煮出したものです。『霊体』が豊富で身体《からだ》もぽかぽかしますよ」

「森とはあの灰被《はいかぶ》りの？　飲料に適したものまで採れるのか。――ありがとう」

茶はあまり馴染《なじ》みの無い濃厚な舌触りで、不思議と落ち着く味わいだった。コクがあって美味《おい》しい。ほう、と息をつくこちらをリサがニコニコと見ていて、セシリーもにこりと微笑《ほほえ》み返した。主人と違って助手の彼女は良い人柄をしている。

「話の途中だったな。ええと……何だったか」

「剣が折れちゃいました」

「そう、それだ。剣が折れちゃいましたなのだ」と頷《うなず》き、「至急代わりの剣が必要になった。できればこの工房《アトリエ》にそれを頼みたい。もしも見本となるような物があるのならばぜひ拝見したいのだが」

「悪いが帰ってくれ」

「……何？」

　リサ、とルークは少女を振り返った。その声にただならぬものを感じたのか、リサは肩を狭めて小さくなってしまった。

　ルークは詰問するように、静かに、けれど強い口調で言った。

「何故この女に説明しなかった」

「……すみません」

「理由を聞いているんだ」

「…………ルークはもっと、いろんな人と接した方が、いいと、思うんです」

　ルークの右目が見開き、形相《ぎょうそう》が怒りに歪《ゆが》んだ。しかしすぐにそれを収めたかと思うとそっぽを向いてしまった。リサはぼそぼそと「ごめんなさい」と呟《つぶや》いている。

置いてけぼりのセシリーは状況がわからず困惑するばかりだった。

「なんだ。どうしたんだ。何故《なぜ》彼女を叱《しか》る？」

「説明が遅れて悪かったな」嘆息し、ルークは言った。「俺《おれ》たちはあんたの注文には応《こた》えてやれない。ウチは剣の注文を受け付けていないんだ」

セシリーは目を丸くした。

「ではそこに飾られている剣はなんなのだ。ただの飾りではないのだろう？」

「そいつは親父《おやじ》の形見でな。親父の代で剣の鍛錬《たんれん》は廃業した」

「でもあなたが市内で帯びていた剣はあなたが作った物なのだろう？　リサから聞いたぞ」

改めて睨《にら》むルークに、リサはうつむいてじりじりと後ずさった。

セシリーは構わず前に出た。

「素晴らしい技術じゃないか。何故それほどの腕を持ちながら無名でいる？　何故剣の依頼を受けない？」

「……とにかく受け付けていないんだ。別の店を当たってくれ。そもそもお前も騎士のはしくれなら代剣の一本や二本、あるはずだ」

確かに自宅に戻れば数は少ないが代剣はある……が。

「ルーク、あなたも自負しているはずだ。自分の剣が都市にあるどんな剣よりも優れていると。私もそう思う。私はそれを見てしまった、知ってしまったんだ。きっともう他の剣では満足できない。どうしても聞き届けてもらえないだろうか？」

「俺は俺のためだけに『刀』を打つ」

有無を言わせぬ声音に、セシリーは息を飲んだ。刀、という耳慣れぬ語彙《ごい》にも引っかかった。話の流れから言って剣の一種だろうか？

いつしかルークの右目は窓の外に——灰被《はいかぶ》りの森の方角へと向けられていた。

「昔にそう決めた。だから悪いが……帰ってくれ」

何処《どこ》か詫《わ》びるような空気があった。「何故」と理由を追及するのには憚《はばか》られる壁を感じ、セシリーは続く言葉を言いあぐねた。引き合わせた責任を感じているのか、リサも申し訳なさそうに頭《こうべ》を垂れている。

沈黙が訪れた。

セシリーはどうしたものかと立ち尽くす。

本人に言った通り、セシリーは彼の剣に魅せられてしまった。今さら他の剣を選ぶなど本意ではない。あの剣がいい。あの剣でなくては駄目《だめ》なのだ。ならばどうする？

考えた末、やがてセシリーは決意した。

——ならば本気になろう。

本気の言葉を、この男にぶつけよう。

剣の注文を受けない、というその理由はわからない。どのような事情があるかは知りようもない。ならば本気の言葉でぶつかるしかない。己を曝《さら》け出すようで気は乗らないが、そうでなくてはこの頑固な性格には届かない。

「実は」

ルークとリサが同時にこちらを振り返った。

「こうして偉そうに立ってはいるが、私はつい一ヶ月前、騎士になったばかりなんだ」

いきなり何を？という空気は感じたがふたりともこちらの言葉を遮《さえぎ》ったりはしない。それをありがたく感じながら先を続けた。

「私の父は自衛騎士団の団員だったが、二ヶ月前に病で亡くなった。葬儀関係を終わらせてすぐ、私は父の後を継いで騎士団に入団した。我がキャンベル家の稼ぎ手がいなくなってしまったのもそうだが、何より現当主として私は騎士にならなければいけなかった」

元々身体《からだ》の弱かった母は床に伏しがちになり、その世話役として前々から使用人をひとり抱えている。セシリーが感傷に浸っている時間も余裕も無かった。

「キャンベル家の名前を聞いたことがあるか？」

「……無いな」

「キャンベル家は元貴族なんだ。代理契約戦争《ヴァルバニル》の暗黒時代……その当時独立交易都市の基礎を打ち立てたハウスマン、その戦友にして片腕の役を果たしたのがキャンベル——私の祖父だ。祖父はハウスマンと同様、疲弊する大陸を憂い、貴族という身分を捨てて都市の独立と発展に尽力した誇りある人なのだ。以来、私たちキャンベル家の人間は代々自衛騎士団の一員として都市を守ることに尽くしてきた」

　そのことを知る者は極少数だがな、とセシリーは苦笑した。

「もちろん私は自衛騎士団に入団したことを誇りに思っている。慌《あわ》ただしくはあったが、そのことに憂いは無い。……ただ、すべてが急過ぎた」

　父の死も、自衛騎士団への入団も、そして今日の出来事も。

「あんなたったひとりの暴漢相手でも、私にとっては生まれて初めての実戦だった」

　ぎゅっと目を閉じるとあのときの浮浪者の形相《ぎょうそう》が瞼《まぶた》の裏によみがえる。号泣し、涎《よだれ》を垂らし、目を血走らせて——本気でこちらを壊しに来た。

「脚が震えた。何もできなかった」

　想像以上だった。

　想像以上に自分は未熟だった。

「だから——拠《よ》り所《どころ》がほしいんだ」

　リサ、ルークを順々に見回す。セシリーは手に持っていた茶を飲み干してその容器をリサに返すと、「失礼」と断って腰の剣を引き抜いた。半《なか》ばから折れた剣。

「これはキャンベル家が代々差してきた剣だ。元々良質とは言い難いものだったし、長い間使われてきたからとうに寿命を迎えていた。それでも私にとっては大事な剣で、祖父の、父の形見で、だからこの剣で戦っていこう——そういうつもりだった。でも」

　それが、今日、折れた。

「私は折れない剣がほしい」

椅子《いす》に腰掛けるルークを真《ま》っ直《す》ぐに見つめる。彼は何を言うでもなく静かな眼差《まなざ》しを返していた。左目は冷たく輝き、右目は穏やかにこちらを見据えている。

セシリーは退《ひ》かない。

「今日ははっきりとわかった。私は弱い。何より心が。……剣の良し悪しで己の未熟さを補おうというつもりはないんだ。ただ私を支えてくれる拠《よ》り所《どころ》がほしい。誇りを守り、都市を守る——私の半身《はんしん》のような……相棒になってくれる剣がほしいんだ」

折れない心、折れない剣——。

得物《えもの》に自分の精神を重ね合わせるなど、前時代の古い考え方だと思う。鋳型《いがた》製法により剣の大量生産が当たり前とされたこの大陸で、一本一本の剣に意味を見出《みいだ》す人間など騎士団の中にもいない。しかし、今日。

訓練でキャンベル家の剣にヒビが入り、都市の鍛冶屋《かじや》で見てもらうともう限界だと言われ、浮浪者と初めての実戦をし、セシリーの心は折れ、剣も折れた。

そしてルークと、ルークの剣と出会った。

セシリーはそこに意味を見出す。

「私はあなたにそのような剣を打ってもらいたい」

私のための、私だけの剣を。

折れない心《けん》を。

そこまで話し、セシリーはやっと息をついた。少し頬《ほお》が赤い。喋《しゃべ》り過ぎたようにも思うが、決して恥じる内容ではない。大切なことなのだ。

「一応、その、断っておきますが」黙っていたリサが恐る恐る切り出した。「折れない剣は、存在しません……よ？」

セシリーの視線に腰を引きつつも、彼女は続ける。

「どんなに頑丈《がんじょう》に作られたものでもいつかは折れます。使い続ければ素材は疲労し限界を迎えるし、人や動物を傷つける刃物は血糊《ちのり》で錆《さ》びます。戦い方によっては打ち立てでも呆《あっ》気《け》無く……。ルークの鍛錬《たんれん》した刀は確かにそこら辺のナマクラには負けませんけど、それだって身の部分を横から叩《たた》かれちゃったりしたらあっさり――」

「リサ」

呼び声にリサはぴたりと言葉を止めた。

「この女が言いたいのはそういうことじゃない。わかってるはずだ」

リサは驚いたようにルークを振り返る。珍しいものでも見たかのようにその目は激しく瞬《まばた》いていた。そんな視線に「ンだよ」とふてくされたように吐き捨て、ルークはこちらを見やった。

「それだけか？　言いたいことは」

「いや、ここまではまだ私のワガママに過ぎない」

セシリーは首を横に振り、己の豊かな胸の上に手を置いた。

「だから私を見てほしい」

「あ？」

「え？」

ルークとリサが聞き返す。妙な反応にセシリーは自分の発した言葉を反芻《はんすう》し、頬《ほお》を赤くした。下手《へた》をすれば愛の告白とも受け取られかねないセリフだった。

「い、いや！　そういう意味ではなくて！」

「大胆ですねセシリーさん」

「だから違う！　このような無愛想《ぶあいそう》な男など眼中に無いっ」

「……ずいぶんだな」

「あ、明日っ、我が三番街自衛騎士団は外地に遠征に繰り出す！」

セシリーは真っ赤になりながら早口にまくし立てた。

「目的は独立交易都市と帝国の国境で旅客を襲う盗賊一派の討伐、三番街騎士団は傭兵《ようへい》を雇い一派の潜伏地の捜索と、可能ならば捕獲を行う、もちろんこの私も遠征隊の面子《メンツ》に選ばれているっ——」

ぜはっ、ぜはっ、と荒々しく息をつく。

「で？」

「……その傭兵のひとりとして、ルーク・エインズワース、あなたを雇いたい」

「はぁ？」

「そこで私を見定めてもらえないか」

そういう意味か――。ようやく合点《がてん》が入ったらしくルークが呟《つぶや》いた。リサだけが「え？え？」と困惑していた。

「遠征に同行し、あなたが鍛錬《たんれん》の腕を振るうに足るか私を評価してもらいたい。ルーク、あなたは剣術の腕も立つから、もちろん傭兵としての報酬《ほうしゅう》も支払う。……どうだろうか？」

ルークが剣の注文を受けない理由。それはわからない。この際わからないままでも構わない。ただ、一度でいいから機会がほしいのだ。

注文を受けない理由、それを越えてでも剣を打ってやりたい、そう思えるに足る人物か。セシリーは自分を見定めてもらいたいのだ。

ルークは腕を組んで考え込んでいたが、やがてセシリーの要求を飲んだ。

「ほ、本当ですかっ？」

よほど稀有《けう》なことなのか、セシリーよりもリサの反応の方が大きかった。驚く助手を見やり、ルークはセシリーの前で初めて笑った。

「なかなか面白そうじゃないか」

2

独立交易都市の市民は沿岸部の火山帯方面を『内地』と呼ぶ習慣がある。火山帯における鉱山業や『霊体』の恩恵に感謝の意を示し、いつしかその慣《なら》わしが生まれた。その慣習から転じて大陸側を『外地』と呼ぶ。

その外地側、都市の第三正門を出ると、人の手の加えられていない広大な大地が広がっている。この土地を馬足にして五日間の距離を行ったところに帝国の関所が門を構えている。

彼らは大地を大きく横切る形で関所までの均《なら》された公道を闊歩《かっぽ》していた。馬車二台分の幅の道を、自衛騎士団の団員を先頭にして傭兵《ようへい》たちが従軍する形だ。野営のための荷物を馬に括りつけて引いている。

時刻は朝方。白い空が青く変色していくころ、一行は斑雲《まだらぐも》の下を行く。

「しかし」

歩きながら一同を見回し、セシリーはぽつりと感慨を漏らした。自分で呼びつけておいてアレなのだが、

「浮いているな……」

騎士団は五人程度、傭兵はその倍ほどの人数だった。帝国や軍国から流れてきた屈強な傭兵——禿頭《とくとう》の男や丸太と見違えるかのような太い筋肉の持ち主などいずれも一見して経験や訓練を積んできたであろう人物たちだ——の中で、やはりルークやリサの姿は浮いた存在だった。

「くぁ……」

ルークは眠そうな顔で欠伸《あくび》を漏らす。彼は先日着ていた作業着にブーツを履き、左手に

黒い手袋、左肩に腰ほどの丈の外套《がいとう》を羽織っていた。腰のベルトには工具の入った袋を提《さ》げ、左に例の剣を差している。

「ルーク。もっとしゃんとしてください。他の傭兵さんがじろじろ見てますよ」

どうでもいい、と返す彼にリサは「もー」と口を尖《とが》らせた。彼女もやはり同様の作業着を着、腰には手鎚や工具袋を提げていた。

どう見てもふたりは傭兵でも何でもなく、他の面々から奇異な目で見られていた。

「なぁ、盗賊団ってのはどれくらいの規模の組織なんだ。俺《おれ》らと同じくらいの人数なのか？　相手は」

セシリーの許《もと》にやって来たルークが、気安く訊《たず》ねた。そういえば説明していなかったんだと思い返す。

「逃げ延びた者の証言では二十人弱だが、もっといるかもしれない。帝国と独立交易都市の区間を行き来する商隊がよく狙《ねら》われている。つまりこの公道を通る者を狙って追《お》い剥《は》ぎまがいの行為を働いているということだ。今回の遠征は公道沿いの巡回及び盗賊一派の拠点捜索が目的だ」

とは言ったものの範囲が広すぎる。恐らく数回に分けての調査になる。今日はその一回目の行軍だ。

都市ではこういった討伐や治安警備のため自衛騎士団を出動させることが多い。とはいえ市内警備を怠るわけにはいかないので、こうして傭兵を雇い人員の補填《ほてん》を行うのである。

「それと相手は盗賊だけではない。噂《うわさ》によるとこの一派は人外の獣を飼い馴《な》らしているとのことだ」

「人外を飼う?」ルークは眉間《みけん》に皺《しわ》を寄せた。「そんなことができるのか」

『人外』とは人ならざる存在のこと。人に害なす獣を広く指して言うが、そうでない対象もしばしば人外と称される。その種類は多岐に渡り、ただの野犬から触手獣、食人植物にいたるまで広義の意味を含む。人型でありながら人にはない器官を持ち得るもの——翼人や半獣人などもこれに類する。

人間と人外は互いに意思疎通を図るのは不可能だと言われている。それを飼うというのはどういう事情か——。

セシリーは「わからない」と首を横に振った。

「とにかく接触してみないことにはな。襲われた者が興奮して幻覚を見ただけとも言い切れない。彼らは無数の獣傷を負っていたと聞く。信憑性《しんぴょうせい》は高い。一応は気をつけてくれ」

へえ、とルークは軽く応《こた》えた。

「しかしそういう情報は依頼する前に伝えておくものじゃないのか?」

「う……すまない」

「大丈夫ですよ! ルークは強いですから相手が誰《だれ》だろうと関係ないですよっ」

お前は黙ってろ、とルークがリサの頭を小突いた。ハイ、とリサは両手で自分の口を封じた。何処《どこ》と無くほのぼのとした空気を振りまくふたりだったが、セシリーは周囲のぴりぴりとした視線を感じて気が気ではなかった。

「それは代剣か？」

ふとルークがセシリーの腰の剣に気付いて言った。彼女の腰にはキャンベル家の剣と同種の長剣が提《さ》げられていた。

「家の倉庫から引っ張り出してきてな。手入れはされていないからあまり良い代物ではないが、即日に用意できるのはこれくらいだった。仕方あるまい」

「じゃあそいつは？」

ルークが指したのは、彼女が腰の裏に吊《つ》り提《さ》げていたキャンベル家の剣だった。剣と言っても折れた剣身は抜かれ、柄《つか》だけだ。それに細いチェーンを巻きつけ剣帯に提げていたのだ。それに触れてセシリーは微笑《ほほえ》んだ。

「お守り代わりだ」

態度にこそ出さないが、実際セシリーは緊張していた。これから遭遇するかもしれない盗賊たちに対し、自分は上手《うま》くやれるだろうか。浮浪者を相手にしたときのように臆《おく》せずに立ち合えるだろうか。昨夜から不安が頭にこびりついて離れない。

それでもやるしかないから。ルークには自分を認めさせなければならないから。せめてもの心の支えにと身に付けた。キャンベル家の歴史を渡ったこの剣に小さな御利益を求めて。

私をお守りください、父上――。祈るように柄を握るこちらを、ルークが黙って見ていた。はっとしてセシリーは頬《ほお》を染めた。

「こ、子ども臭いと言うなら勝手にしろ」

「そんなことは言わない。これでも俺《おれ》は鍛冶屋《かじや》のはしくれだ」ルークは肩をすくめ、「剣を大事にする奴《やつ》は嫌いじゃない」

「ルーク！　このようなところでそんなことを言われては困る……」

「お前の脳はどうやって俺の言葉を変換した」

動揺のせいか変なことを口走ってしまう。セシリーは誤魔化《ごまか》すように「そういえば」と視線を下に落とした。リサの頭がひょこひょこ動いていた。

リサはルークの助手と言っていたが――実際はどのような関係なのだろうか。家族？妹？　にしてはまったく似ていない。親戚《しんせき》……？

「リサはいくつなのだ？」

「歳《とし》ですか？　多分三歳くらいです」

「え」

硬直するセシリーを尻目《しりめ》に、リサは「あ、鳥さんだー」と鳥の集まる原っぱの方へ行ってしまった。

「鳥さん鳥さーん」

……からかわれた、のだろうか？

歩きながら距離をおいて眺めていると、リサはベルトに提《さ》げていた小袋から何やら取り出した。保存食か何かだろうか、彼女はそれを小さく千切《ちぎ》って鳥たちに与え始めた。すると良いカモを見つけたと言わんばかりに小鳥たちが何処《どこ》からとも無く群がり始め、リサは鳥の群れに包囲され押し潰《つぶ》されてしまった。ぎゃーという悲鳴が平和な草原に木霊《こだま》する。

何やってんだか、とセシリーの横でルークがため息をついた。

「どうしてリサを連れて来た？　危険な遠征だぞ」

「あれでも役に立つ」

本当だろうか。今も鳥たちに嘴《くちばし》で頭を突かれているが。

「リサとは一体どういう関係なのだ？」

「ただの住み込みの助手だ。それ以上でもそれ以下でもない」

「……まさかとは思うがルーク・エインズワース。そういう趣味なのか」

「お前とは一度真剣に話し合わなきゃいけないようだな」

望むところである。

「親族ではないのだろう？」

「ああ」頷《うなず》き、それから言いにくそうに付け足した。「……拾ったんだ」

「拾った？　何処で」

「お前には関係ない」

「……まあそうなのだが。いや待て、この機会にひとつだけ物申しておこう」

宣言し、セシリーは人差し指をルークの鼻先に突きつけた。

「住み込みの助手と言ったな。では彼女に然《しか》るべき給与を与えているのか？」

本気で何を言われているかわからなかったらしく、ルークは激しく瞬《まばた》いた。

「な、なんだよ」

「どういう意味だ？」

「見たところリサも年頃《としごろ》の女の子だ。なのに着ているものといったらかわいげのない作業着ばかり。彼女に容姿を気遣う余裕をちゃんと与えているのか？　時間の面でも金銭の面でもだ」

「……何言ってんだお前？」

ルークは戸惑うばかりのようだが、セシリーはしっかりと見ている。昨日、市内で街行く人々を眺めてはため息をついていた少女を。

「もう少し彼女のことを気遣ってやれ。いいな？」

「なんでお前にそんなこと」

「い・い・な!?」

この点に関しては同性として譲れない。有無を言わせぬ口調に、ルークは不機嫌な顔をしつつも「考えておく」と小さく言った。心許《こころもと》ない返事だがとりあえず良しとしてセシリーは頷《うなず》いた。が。

キャンベル団員、という声に振り返ると別の団員がいらついた様子でこちらを見ていた。

「少し私語が過ぎる。緊張感が足りないぞ」

「あ……申し訳ありません」

緊張していないわけでなかったが、確かにそう取られても仕方ない。セシリーは表情を引き締めた。隣でルークが意地の悪い笑みを浮かべていたので、きっと睨《にら》んでやる。

「セシリーさーん」

リサが手を振り、何やらこちらを呼んでいた。注意されたばかりで行軍から外れるのは気が引けたが、しつこく呼んでくるので駆け足に彼女の許《もと》に寄った。

リサの前には幾羽もの鳥が群がっていた。その配列に奇妙な調和を感じてセシリーは足を止めた。

「リサ……？」

「セシリーさん。この遠征は目的地が決まってるんですか？」

「え。あ、ああ、とりあえずこの先の被害のあった現場に向かっている。その周辺を探索する予定だ。盗賊一派の拠点は見つけられないかもしれないが彼らの痕跡《こんせき》くらいは、と思っている」

「でも盗賊さんの隠れ家っぽいもの、わかっちゃいましたよ」

「え？」

思いも寄らぬ言葉に、セシリーは瞬《まばた》く。

リサは屈《かが》んだまま大地の向こう――なだらかな丘の奥を指差した。

「公道からははずれてしまいますが、この先に大人の徒歩で一刻ばかりの距離に森があります。丘を越えればすぐにわかります。その森の中にたくさんの人間さんが居を構えているらしいです。多分盗賊さんたちだと思います」

「思います、って……どうやってそんなことを」

「この子たちが教えてくれました」

　この子たち、とリサが示したのは――恐らく群がっていた鳥たちのことだろう。セシリーが見下ろすと彼らは人間にはとうていわからないような無垢《むく》な顔を一斉に傾けた。

　――鳥が教えてくれた……？

　いつの間に後ろにいたのか、ルークが小指で耳をほじくりながら言った。

「リサは動物と話ができるんだよ。便利だろ」

「べ、便利不便利という問題なのか!?」

　知れば知るほどその人となりがわからなくなるという経験は初めてである。

　とにかく行軍を一旦《いったん》止め、話し合いを行った。

　リサのもたらした情報に信憑性《しんぴょうせい》はなく団員たちも半信半疑だったが、元々当《あ》て所《ど》も無い捜索であったことと立地的にも盗賊一派の拠点として考えるには一理あったこと、これらを理由に探索先を変更することになった。一同は公道をはずれ、名も無き森を目指す。

　団員のひとりが腰に提《さ》げていた石を手に取った。掌《てのひら》に収まるようなサイズの、円盤型の石。中心に穴が空《あ》いていてそこに紐《ひも》を通す形で携帯できるようになっている。

　リサが興味を示し、セシリーに訊《たず》ねてきた。

「あれ、ひょっとして玉鋼ですか。何をするんですか?」

「祈祷《きとう》契約で方角を調べるんだ」

契約信仰と総称される簡易儀式には二種類ある。現在は大陸法で禁呪とされている『悪魔契約』と——そして大陸で最も広く用いられている『祈祷契約』である。

『祈祷契約』とは空気中の『霊体』と砂鉄の加工物である『玉鋼』を反応させることで様々な奇跡を起こす術式だ。火を熾《おこ》し、風を生み、水を清め、大地を切削《せっさく》する——こういった奇跡の現象が人々の生活の端々で活《い》かされていた。文献に残る超常現象もこの祈祷契約により引き起こされたのだと証明され、現在の工業技術にも流用されている。

契約の触媒である『玉鋼』はタタラ製法により不純物を取り除かれた鋼であり、その純度によって価値が左右される。

『霊体』は空気中に含有される不可視の粒子のことを差して言う。独立交易都市の最も顕著な特殊性は土地の性質にあり、それは大陸の中でも特に霊体濃度の高い地方であるということ。沿岸部に接する火山帯周辺が最も濃く、玉鋼との反応性も高い。祈祷契約を用いるのに非常に適している。

霊体、玉鋼、祈祷契約。これらが現大陸の生活基盤であった。

団員が取り出したのは方角を知るための低純度の玉鋼だ。紐《ひも》で提《さ》げた円盤を掲げ、男はぼそぼそと大陸で推奨されている呪《まじな》いの言葉——祈祷文言《もんごん》を呟《つぶや》く。円盤は紐を捻《ね》じりながらゆっくりと回転を始め、その角度を確認しながら一同は進み始めた。

3

遭遇は唐突で、あっさりとしたものだった。

それは斥候だったのか見張りだったのかただの散策者に過ぎなかったのか――知る術はないにせよ、一行は丘を越え、平野の片隅に見つけた森に入って数分足らずで三人の男たちと出くわした。

多分それは相手の男たちにとって不幸な鉢合わせと言えた。彼らは肩を並べてニタニタ下世話に笑いながら――用を足していたところだったから。

互いに虚をつかれ、一瞬の硬直状態。

先に動き出したのは三人の男たちだった。股間《こかん》の粗末な一物もしまわずに踵《きびす》を返して森の奥へと駆け出す……まったくもって下世話な話だが尿を撒《ま》き散らしながら。

セシリー――顔がひどく紅潮している――は低く憎悪を込めて呟いた。不条理な怒りとも思えたが、彼女にとって見たくもないものを見せられた無念は魂の根源から爆発的な怒りを引き起こす結果となったのだ。

「……斬り落とす」

男性陣が一斉に内股《うちまた》になった。

木漏れ日の中、青空を貫くように――笛の音が甲高く木霊《こだま》する。盗賊一派のものだろう、途端に周囲の叢《くさむら》が騒がしくなった。獣道も無く人の手の加えられていない森は笛の音に呼応するようにざわざわと草木を揺らし始める。

「くそっ」

団員が周囲への警戒を呼びかける。傭兵《ようへい》の男たちは背中合わせになるように、各々の得《え》物《もの》を構え始めた。ちなみにいずれも内股《うちまた》である。

リサもルークの背中に隠れた。やはり内股だったルークはいかにも面倒だと言いたげな表情で腕を組んでいる——戦う気は無いらしい。元より彼は戦力として見ていない。ただ自分という個人を評価してもらう。そう考えながらセシリーは剣を抜き放った。

「よく見ていろ。その右目で」

む、と視界の端でルークが片眉《かたまゆ》を上げたが、今は意識の外に置く。セシリーは徐々に高鳴る鼓動を落ち着けようと浅く呼吸を繰り返した。

——大丈夫だ。

やれる。自分はやれる。腰裏に吊《つ》り提《さ》げた柄《つか》にそっと触れる。父の形見から力を分け与えてもらうように。やれるはずだと心の中で何度も呪文《じゅもん》のように繰り返した。

風を切るような音が、空中を漂う枯れ葉を粉砕しながら傭兵のひとりの太股《ふともも》に当たった。くぐもった声をあげて傭兵は片膝《かたひざ》をつく。太股に突き刺さっていたのは——矢。

「伏せろ！」

団員のひとりが玉鋼をかざし早口に唱える。霊体へ加護を乞《こ》う祈祷文言《きとうもんごん》。すると玉鋼から裂帛《れっぱく》の疾風《しっぷう》が全方位に展開された。一斉に伏せた一同は目を瞑《つぶ》りそれをやり過ごす。颪の猛追に草花は千切《ちぎ》り飛ばされ木々は大きく傾《かし》いだ。

頭上の木から男が落ちてきた。団員の命令で傭兵たちが瞬《また》く間にそいつを取り押さえた。

「他の仲間は――」

尋問は獣声に遮《さえぎ》られた。それは森の天幕を貫き遠征隊の鼓膜を麻痺《まひ》させる。びりびりと全身が痺《しび》れるような振動が起こり、彼らは苦悶《くもん》の声をあげて耳を押さえた。その隙《すき》を突くように周辺の叢から複数の影が飛び出す――。

それは三体の獣だった。

木漏れ日の下、彼らの姿が明らかになる。這《は》うに近い前傾姿勢ではあったが人間のように二足で立ち、ぜっ、ぜっ、と苦しそうに、荒々しく呼吸を繰り返している。全身は黒の体毛に覆われ、前方に突き出された唇からは恐ろしく長い犬歯が覗《のぞ》いていた。太い腕に視界を遮る巨体。大きく見開かれた三白眼に理性の色は無くただただ狂気に彩られ、その形《なり》は野生の狼《おおかみ》が立ち上がったかのような様だ。

人に近い内臓器官を持ちながら、それでいて人ならざるもの。

『人外』。

三体の人外は一斉に活動を開始した。

人の頭ほどはある拳骨《げんこつ》が、手近にいた傭兵の顔面を打ち据える。傭兵は後頭部から地面に叩《たた》きつけられ失神。人間を一撃で無力化した獣は、その傍らで硬直していた別の傭兵に五指を伸ばし頭を鷲掴《わしづか》みにする。ひいぃという悲鳴とともに下段から斬《き》り上げられた剣はしかし獣の皮膚《ひふ》に弾《はじ》かれ、それを意に介しもしない獣が傭兵《ようへい》の身体《からだ》を持ち上げ片手で振り回した。とても人間のものとは思えないような動きで彼の身体は大きくしなり、仲間を助けようと得物《えもの》を振り被《かぶ》っていた傭兵たちを次々と薙《な》ぎ倒《たお》していった。

一方的な蹂躙《じゅうりん》。軍国や帝国から流れてきた名うての傭兵たちが、独立交易都市三番街自衛騎士団の誇りある団員たちが、たった三体の獣に次々と叩《たた》き伏せられていく。ほとんど抵抗の余地も無いほどに。

そして飛び散った血飛沫《ちしぶき》が、今の今まで立ちすくんでいたセシリーの頬《ほお》を打った。

セシリーは茫然《ぼうぜん》と呟《つぶや》く。

「…………………何だ、これは」

完全に頭が追いついていなかった。出現から蹂躙に至るまでがあまりに唐突過ぎて、セシリーは正しく状況を理解できていなかった。目の前の光景を非現実にすら感じて、見ているしかない。

戦ってすら、いなかった。

「……あ」

人外の一体がセシリーを振り返った。

その野生の形相《ぎょうそう》が、何故《なぜ》か昨日の浮浪者の狂った面と重なった。

肌が総毛立つ。

本能的な恐怖が、セシリーを支配した。

「あ」

気が付けば身体が動いていた。まるで彼女の意思とは別物のように左足が踏み出している。訓練で培ってきた基本の構えや動きを、肉体は奇跡的になぞってくれた。左半身を前に、左方から横薙ぎに斬り込む。刀身は獣の側頭部目掛けて空気を裂き――

そして紙一重でかわされた。

獣は下方に深く身体を沈み込め、頭上に剣戟《けんげき》をやり過ごした。そのうずくまった姿勢から弓を引き絞るように力をためて――解き放つ。セシリーは二撃目として剣を振り被っていたが、それより早く腹部に衝撃を受けて意識が飛んだ。気が付いたときには叢《くさむら》を薙ぎ倒しながら土まみれで地面を転がっていた。

「……っぐほ」

這《は》いつくばり、咳《せ》き込《こ》みながらセシリーはようやく認識し始めていた。この状況。

全滅しかけている現状。

あまりに呆気《あっけ》無く、自分たちはやられようとしている。そして自分が初め動けなかったのは頭が回らなかったのではなく、ただ恐怖で脚がすくんでいたという、ただそれだけのことだった。

顔を上げるとそこには拳《こぶし》を振り下ろそうとする獣の姿。拳でありながら金槌《かなづち》のように巨大なシルエットが、セシリーの頭上にある。

——待ってくれ。

これではあまりにひどすぎる。初陣でこの体《てい》たらく。私はまだ何もしていない。何も成し得ていないのに、誰《だれ》も守れていないのに——もう終わってしまうのか。

理不尽にすら思えたが、何もかも遅い。獣の拳《こぶし》が降って来る。セシリーは伏せたまま両腕で頭をかばい、目を瞑《つぶ》った。

…………。

…………。

…………？

何も起こらない。訝《いぶか》しく思ったのも束《つか》の間《ま》。

突然、セシリーのすぐそばに何か丸いものが落ちてきた。反射的に開いた目でそれを見て、喉《のど》の詰まったような声をあげる。

それは——獣の頭。

遅れて噴出音。セシリーは脳天から大量の液体——恐らく返り血だろう——を浴びた。

恐る恐る顔を上げるのと、頭部を失った人外が首の切断面から赤黒く濁った血を迸《ほとばし》らせながら昏倒《こんとう》するのとは、同時だった。絶命して倒れた肉体は、ずしん、と地響きを起こす。

——何が、起こった？

セシリーは液体まみれの状態で目まぐるしく考える。自分は人外の獣に倒され、止《とど》めを刺されそうになっていたのに——何故《なぜ》その獣の頭が落ちるのだ？

答えはすぐそばに立っていた。

「立てよセシリー・キャンベル。やっぱり口だけの女だったのか？」

幻を見ているのかと思った。

ルーク・エインズワースが、そこにいた。

彼は身体《からだ》の正面に剣を構えていた。正眼《せいがん》の構え。右半身を前にし、右手は鍔《つば》まで深く握り込み、左手は浅く柄頭《つかがしら》に触れている。

その剣――降り注ぐ陽光を弾《はじ》く剣身は、やはりセシリーの目には目新しく映った。反《そ》りのある片刃。刀の表面に波打つような紋様。何処《どこ》か大陸に存在するものとは違う、異国風な存在感がある。

剣からは、獣のものと思われる体液が滴《したた》っていた。

「ルーク……」

――彼に助けられたと言うのか。

一度ならず二度までも。

「出てきたな」

今の今まで隠れていたらしい男たちが、いつの間にかセシリーたちを包囲する形で現れていた。誰も彼も無精髭《ぶしょうひげ》を生やし小汚い風体をしている。ざっと見て数は二十弱。盗賊たちは手斧《ておの》や短剣など各々の得物《えもの》を振りかざし無言で包囲網を築いていた。

人外の獣でこちらの布陣を砕き、残りは自分たちで一網打尽にでもするつもりだったのか。流れは完全に彼らにあったが、しかしその空気が変わりつつあることに気付いて足踏みしているようだった。

「大丈夫ですかセシリーさん」

腹這《はらば》いのまま凍り付いていたセシリーに、横からリサが手を貸してくれた。

「リサ、これは……」

「もう大丈夫ですよ」リサは場違いに幼い微笑《ほほえ》みを浮かべた。「ルークがその気になったみたいですから」

ルークは剣を地面に対して水平にし、拳《こぶし》で鍔《つば》を軽く叩《たた》いて剣に付着した体液を振るい落とした。

「リサ」

「はいルーク」

阿吽《あうん》の呼吸というものか、リサは名前を呼ばれただけで一枚の布切れをルークの左手に握らせた。彼は受け取ったそれで、剣身に残っていた体液を拭《ぬぐ》う。

「……オイお前ら」

赤黒く汚れた布切れを無造作に放《ほう》り投げ——リサがすぐに拾い上げて「ポイ捨て禁止！」と抗議していた——、ルークは盗賊の男たちを見回した。

「逃げるなよ。絶対に」

盗賊たちの空気がにわかに騒がしくなる。と。

唐突に獣の咆哮《ほうこう》が辺りに轟《とどろ》いた。

人外の一体が握り締めていた拳を限界まで開く。するとその五指から細く長い爪《つめ》が飛び出した。獣は腕を鞭《むち》のようにしならせ、内側に反《そ》る鉤爪《かぎづめ》を横殴りにルークの顔面に叩きつけてきた。

ルークは右目を見開き、その挙動を視線で追う。剣の構えを下にし、右下に身体《からだ》を押し込む。傾いたルークの左肩を削《そ》ぎ落とさんばかりの勢いで獣の鉤爪がかすめ通っていった。目標を引き裂けずに振り切られた獣の腕。ルークはその真下で旋回。右足を踏み込むと同時に腰を捻《ひね》り、それに引っ張られるようにして下方から剣筋が上昇する。空間を縦一文字に斬《き》り上げ——そして獣の腕を撥《は》ね飛ばした。

獣の慟哭《どうこく》が激しい痛みを訴える。獣は大粒の涙をこぼしながら逆の腕を振り回した。ルークは軽く後方に跳んでそれをかわし、着地の直後、再び獣と相見えんと前方に跳躍。不意をつかれる獣。跳躍と同時に横に一閃《いっせん》された刃が、す、と獣の左こめかみから右こめかみへとすり抜ける。傍目《はため》には本当にすり抜けたとしか思えないような滑らかさだった。

一体目と同様、二体目の獣もまた頭部を破壊され沈む。そいつは倒れてからもしばらくびくびくとのたうっていた。

ルークは止まらない。歩数にして一歩。土の地面を穿《うが》ち土埃《つちぼこり》を舞い上げながらルークの右足が踏み込まれ、再び真横に一閃。その先にいた人外の獣の胸元が切り裂かれる。浅い。獣はけたたましく吠《ほ》え鉤爪の手を突き出す。ルークは数瞬前に振り切った剣を返し逆袈裟《ぎゃくけさ》に斬《き》り上げる。獣の指が四本、宙を飛んだ。苦痛の咆哮《ほうこう》。ルークは頭上に高々と剣を掲げ、一直線に振り下ろす。兜《かぶと》割り。脳天から股間《こかん》に至るまで刀身が信じられないほどあっさりと滑り落ち——縦に体液を迸《ほとばし》らせながら獣は絶命した。

「……すごい」

セシリーは思わず呟《つぶや》いていた。

獣の強靭《きょうじん》な肉を断ち切る剣の斬れ味は、やはり凄《すさ》まじい。しかし何よりセシリーが目を見張ったのはルークの動きだ。足捌《さば》きや剣筋、肉体の操作——いずれもセシリーの知るどの剣術にも当てはまらない。

もちろん例外はあるが、大陸の剣術は左半身を前に出し、右に剣を構えるのが基本の型だ。これは左に盾を構えることを前提にしているためである。しかしルークの構えや動きは逆——彼の踏み込みは必ず右足が先、つまり右半身を前に出していたのだ。さらに体移動はすり足——地面を滑りながら行うという変わった歩法。剣筋は全身運動を駆使した身軽なもの。いずれも大陸の基本剣術にはないものだ。

——何者なのだ。

ルークの戦いぶりは一介の鍛冶屋《かじや》のそれではなかった。歴戦の戦士と言っても過言ではない。

とにかくこれですべての人外が始末されたことになる。二体目が屠《ほふ》られた時点で盗賊たちは後退を始めていたが、ルークはそれを追う。

すり足で体を捌き、右、左の踏み込みに合わせ流れるように計二撃を斬り込む。初手で左の男の胸を、二手目で右の男の腿《もも》を裂く。三撃目――は別の盗賊によって阻まれた。振り返るルークと出会い頭に盗賊の短剣が突き出されたのだ。ルークは首を傾けるだけでそれを頭の横に流し、男の懐《ふところ》に剣の柄頭《つかがしら》を叩《たた》き込む。前屈《まえかが》みになる男のこめかみに肘鉄《ひじてつ》を食らわせて吹き飛ばした――が、そのそばから別の男の手斧《ておの》がルークの首筋を狙《ねら》う。反射的に膝《ひざ》を落としたルークの頭上を、なびく黒髪を奪い去りながら凶刃が通り過ぎていった。下方から股間を柄頭で強打され男は泡を吹きながら悶絶《もんぜつ》した。そいつを蹴《け》り転がし、ルークはすっと立ち上がる。盗賊たちは彼の立ち回りに完全に圧倒されていた。

――ん？

実に鮮やかな手並み。しかしセシリーはルークの顔色を見て意外な思いを抱いた。ルークは顔中に脂汗をかき、よくよく見れば荒々しく呼吸を繰り返し肩で息をしていた。とても数秒前まで見事な立ち居振る舞いをしていた人物とは思えないような、切羽詰った様相だった。

「へっ」

ルークは息を荒らげながらも不敵に笑い、二度《にたび》盗賊たちと斬り結んでいく。凍り付いていた盗賊たちは慌《あわ》てふためいたように彼を取り巻き襲い掛かった。中には脇目《わきめ》も振らずに逃げ出す者もいたが。

多対一の戦闘を前にして、セシリーは不可解に思って呟く。

「何故《なぜ》──」

あれほどの実力を持ちながら、余裕が無い？

「当然ですが剣は折れるし刃こぼれします。たとえルークの『刀』であろうとも」

セシリーは横に立つリサを振り返る。リサの視線はずっとルークの挙動を追っていた。

「戦場において得物《えもの》を失うことは死を意味します。だからルークは剣を受けません。鍔迫《つばぜ》り合《あ》いなんてもってのほか、常に紙一重でかわす。この意味──セシリーさんにもわかると思います」

リサの言う通りルークは盗賊たちの剣戟《けんげき》を必ず鼻先でかわしていた。髪や衣服が切り裂かれようともその下の肌が傷つけられることはない。つまりはそれだけぎりぎりの攻防であり、故《ゆえ》に極度の緊張を強いられるということ。

死線は矢継ぎ早にルークを襲い、しかし彼は次々とそれを越えていく。目前で繰り広げられていたことの真の意味を思い知らされ、セシリーは生唾《なまつば》を飲み込んだ。

「昨日から疑問だったのだが……『刀』とは何だ？」

それが剣の一種だということはわかる。しかしあのような種類の剣は見たことが無い。

「『刀』とは古来より大陸で用いられていた鍛錬《たんれん》法で作られた剣のことです」

「古い技術なのか」

「はい。私が知る限りですがそれを踏襲している職人は極少数だと思います。セシリーさん、現代の鍛冶《かじ》鍛錬の基本製法はご存知ですね」

セシリーは先日、市内の鍛冶屋《かじや》を訪れたことを思い出した。

「鋳型《いがた》……」

「そう。鋳型製法による大量生産です」

溶かした鉄を鋳型に流し込み、一度に大量の数の剣を作る――鋳型製法。

代理契約戦争《ヴァルバニール》という巨大な戦を経《へ》た大陸が、その需要に則《のっと》って生み出した生産法だ。

「鋳型製法とは異なり、私たちは一本を時間をかけて丹念に鍛え上げます。『折り返し鍛錬』という特殊な鍛冶工程があるのですが、それも大量生産を必要とされた時代とは馬が合わず廃《すた》れてしまいました。……あの、知ったように語ってますけど受け売りの知識ですからね？」

リサは照れたように笑い、

「鋳型製法により私たちのやり方は廃れ、この技術の存在自体が忘れられてしまいました。でもだからこそ『刀』は他の剣に比べるべくも無く頑丈《がんじょう》で、よく斬《き》れます」

折り返し鍛錬――一体どのような技術なのかは知る由もないが、とにかくその製法があの『刀』の斬れ味を生んでいたのだ。

――もしかしたらあの戦い方も。

右半身を前にした構え、右足から始まる踏み込み、すり足による体移動、先手必勝の攻め。これらはすべて『刀』という武器故の特性なのかもしれない。

さて、とリサは状況にいささか不釣合いな健康的な笑顔でこちらを振り返った。

「何だかんだでこのままルークに任せていればラクショーなんですけど」

そっと囁《ささや》いてきた。


「――それでいいんですか？」


セシリーは血が沸騰する瞬間を知った。

『私を見てほしい』

脳裏に昨日の自分の言葉が蘇《よみがえ》る。

『私を見定めてもらえないか』

羞恥心《しゅうちしん》がセシリーの血を逆流させていた。あれほどの大口を叩《たた》いてルークを引っ張ってきたというのに――この体《てい》たらくは何だ。見てもらうどころか無様に這《は》いつくばり、守るべき市民に守られている。

セシリーは腰に提《さ》げた柄《つか》――父親の形見に触れた。鎖が擦《こす》れて響く。

――今の私は騎士として胸を張れない。

その資格が無い。

『――それでいいんですか？』

「………良くない」

いいはずが無い。

ぎりり。歯茎が軋《きし》むほどの力で歯を食い縛る。胸の奥底から湧《わ》き上がるこの感情は何だ。怒りだ。自分への怒り。憤怒《ふんぬ》。

——許せない。

私はこんな私を許してはいけない。

怒りは興奮へ。興奮は恐怖を捻《ひね》り潰《つぶ》す活力へ。あり余る力に剣の柄を痛いほど握り込む。片膝《かたひざ》をついていたセシリーは爆発的に地面を蹴《け》り上げ、駆ける勢いのままルークと盗賊たちの混戦の輪に飛び込んだ。

こちらに気付いた盗賊のひとりが手持ちの剣を振るってくる。凶刃の軌跡を視界の端に捉《とら》えながらセシリーは思考した。自分に、ルークのように紙一重でかわせるような技術も経験もないことは知っている。だから欲張らずにやれることをやる。セシリーは盗賊の刃を剣の腹で受けて弾《はじ》き、返す手で相手の脇腹《わきばら》を斬《き》り捨てた。

剣から腕へ伝う、肉を断つ手応《てごた》え。

生々しい感触——人を斬る感触にセシリーは怯《ひる》みかけた。だが高らかに吼《ほ》えることでそれを心の内に閉じ込める。今はただ、がむしゃらに立ち向かうことだけを考えろ。

こちらの闖入《ちんにゅう》に、ルークにかかりきりだった盗賊たちが何人も振り返った。セシリーを無遠慮《ぶえんりょ》に射抜く複数の視線。恐れるな。正面の盗賊と剣と剣を合わせ、鍔《つば》を絡めて横に受け流しつつブーツの爪先《つまさき》で相手の向《む》こう脛《ずね》を蹴り叩いた。つんのめるところを突き飛ばすと、男はその向こうにいた仲間ともつれ合って転倒した。

「────っ」

横手から振り下ろされた手斧《ておの》を寸前で剣の鍔《つば》で受け止めた。衝撃に腕が痺《しび》れ、セシリーは顔をしかめる。相手は自分よりも体格の大きな巨漢で、血走った目でぎりぎりと手斧を押してくる。ふるふると震える両腕を不甲斐《ふがい》無《な》く思いながらセシリーは血のにじむほど唇を噛《か》んだ。

怒れ。怒れ。怒れ。

足りないなら、感情で補え。

「オ」

セシリーは両脚を開き、低く落とした腰を強引にねじっていく。鼻息も荒い。

「オオオオオオオオオオオッ」

手斧の男は驚愕《きょうがく》に目を剥《む》いた。彼よりもひと回りも小さい女が鬼の形相《ぎょうそう》で、力で競り合おうとしているのだ。そして実際──男はじわじわと押し返されていた。

「馬鹿《ばか》な───」

とうとうセシリーは剣を振り切った。力のベクトルを横に受け流され男はたたらを踏み、そこをセシリーが肩口から斬《き》り伏せた。赤い液体が宙に舞う。

「次っ」

間髪を入れず背後の気配を知覚した。剣を振り被《かぶ》るシルエットが、セシリーの影に重なっている。舌打ち。彼女が振り返るより早く、それは振り下ろされ──

──るより早く、そいつは背中から斬撃《ざんげき》を受け、顔面から転倒した。

「ルーク……」

「意外に暑苦しい女だな、セシリー・キャンベル」ルークは刀を振って血糊《ちのり》を払い、「乙女の嗜《たしな》みとやらを忘れてるぜ」

「無駄口を叩《たた》くな。まだ終わっていない」

セシリーは剣を構え直し乱れた呼吸を整える。全身が汗で濡《ぬ》れていた。疲労より緊張の度合いの方が大きいのだろう。だからこの緊張感に慣れろ。そうすればもっと戦える。訓練通りの、いやきっとそれ以上の動きができるはずだ。遠巻きに盗賊たちを睨《にら》み据えながら、胸中で強く己に言い聞かせた。

「おい男女」

「しつこいぞ。なんだ」

「あそこに頭にバンダナ巻いてる男がいるだろ。頬《ほお》に傷跡がある奴《やつ》」

「……いるな」

「奴がこいつらのボスだ。さっき指揮ってやがったから間違いない。奴を潰《つぶ》せ」

「あなたに命令されるのは気に食わないが、いいだろう。──何をしている!?」

突然の激昂《げっこう》に、さしものルークもびくっと肩をすくめた。

セシリーは叱咤《しった》した。

「いつまでそこで見ているつもりだっ？」傷つき膝《ひざ》をつく団員や傭兵《ようへい》たちを顧みて。「己の仕事と正義を果たせッ!!」

一同はぽかんと間抜け面をさらしていたが——真っ先に正気を取り戻したのはやはり独立交易都市騎士団の団員たちだった。表情が瞬《また》く間に引き締まり、むしろそれまで動けずにいた自分たちを恥じるように舌打ちして散開、盗賊の群れへと猛進した。比較的傷の浅かった傭兵たちもそれに続く。団員の男が叫《さけ》んだ。

「逃げた盗賊もいる！　ひとりたりとも逃すな！」


終息は早かった。

セシリーとルークが先陣を切ることで盗賊一派の連携は乱れ、そこを遅ればせながら参戦した団員と傭兵たちが叩く。命こそ取られないまでも盗賊たちは次々と捕らえられていった。

最後のひとり。尻餅《しりもち》をつく盗賊の首領に、セシリーは剣の切《き》っ先《さき》を突きつけていた。完全に息が上がっていたが妙な興奮に気分は昂《たか》ぶっている。

「投降してもらう」

首筋に剣を当てられた首領は苦虫を噛《か》み潰《つぶ》したような顔をしていた。

「貴様にはいろいろと聞きたいことがある。構成員の数、今までの強奪物——」

「そしてこの子たちのコト」

セシリーの言葉を継いだのはリサだった。彼女は人外の獣、その遺体の前に屈《かが》み彼らの体毛を撫《な》ぜていた。

「あなたたちはこの子たちを薬物漬けにしていましたね」

「薬物……？」

「一時的でなく定期的に投薬が行われていたはずです。薬でこの子たちの理性を破壊し、意のままに操作していた。そうなのでしょう？　でなければ」

リサは悲しげに睫《まつげ》毛を伏せた。

「でなければあんなにも悲しい声で啼《な》いたりはしません……」

セシリーは首領を見下ろす。彼は顔を背けた。

「……ただの盗賊団が人外を飼うなどとは、にわかには信じがたい。何か裏があるな？」

いよいよ追い詰められたように首領の男は蒼白《そうはく》になり、やがて――

「――――。――――、――――。」

何かをそっと呟いた。

……………………

聞こえてはいたが、セシリーには意味の理解できない言葉だった。異国の言語のように不可解で――それでいて妙に耳障りの悪い響きをしていた。

だが傍らで聞いていたリサには理解できたらしく、彼女は絶句したように呟《つぶや》いた。

どうしてシゴンを、と。

「シゴン……？」

「そいつから離れろセシリー・キャンベル！　巻き添えを食うぞっ！」

言われるが早いかセシリーは二の腕を掴《つか》まれ引き寄せられた。突然のことに無防備にルークの懐《ふところ》に抱き止められてしまう。

「な、何を」

赤くなって抗議しようとした彼女は、しかし目の前の事態に言葉を失った。

首領の肉体に変化が訪れていたのだ——。

「よく見ていろセシリー・キャンベル」

耳元でルークが囁《ささや》いた。

「あれが『悪魔契約』だ」

4

男の肩に、喰《く》い千切《ちぎ》られたかのように穴が穿《うが》たれた。

それは正円の空洞だ。

肩、胸、爪先《つまさき》、脇腹《わきばら》、左目、額と不規則に大小様々な穴が空《あ》いていき、その都度「ぼす、ぼす」と気の抜けた音が鳴る。男は痛みを訴えるでもなく白目を剥《む》き、だらしなく唾液《だえき》を垂らすだけで完全に正気を失っているようだった。穴は男の存在を喰い尽くさんと無慈悲に奪う。

男の身体《からだ》は穴だらけになっていく。

侵食を、セシリーは見ているしかなかった。

「あ……『悪魔契約』？　これが」

「お前も知識だけはあるはずだ。代理契約戦争《ヴァルバニル》について」

代理契約戦争。

四十四年前、大陸のすべての国が争った戦のことだ。独立交易都市が誕生したのはその戦争からの脱却、独立に端を発していたということはセシリーも知っている。当時ハウスマンが、難民の受け入れ先を開拓しようとして生まれた土地が現在の都市の基盤となった。祖父はその戦争の経験者だったらしく、セシリーは父を通じてそれがいかなる争いであったかを聞き及んでいた。いわくあれは地獄だった、と。

代理契約戦争を人々に地獄と言わしめる所以《ゆえん》はただひとつ。

今は大陸法で禁呪とされている——

「悪魔契約……」

契約信仰とはふたつに大別される。『祈祷《きとう》契約』と、そして『悪魔契約』。

呟《つぶや》くセシリーにルークが応じた。

「玉鋼を触媒とする祈祷契約とは違い、悪魔契約は人間の肉を触媒とする。悪魔契約ってのは空気中の霊体に肉体を喰わせ、血肉を得た霊体が悪魔化する現象のことだ。その悪魔を使役し戦場に放ったのが代理契約戦争」

捧《ささ》げた肉は当然ながら元には戻らない。悪魔を作り出すには犠牲が要る。

しかし当時、目先の勝利に狂った国々は悪魔の戦力を高く買い、末期には正規の兵士だけでなく兵役に駆り出された一般国民にまで契約を強要した。戦地では何処《どこ》の国のものかもわからない悪魔たちが入り乱れ、国境の街を破壊し尽くした。「人間でなく悪魔に戦わせる」という性質から、その戦争は『代理契約戦争』と呼ばれた。

終戦を迎え大陸ではこの契約は禁呪とされた。以後大陸の国々は自国の建て直しに腐心し、さらに悪魔契約に代わるものとして当時は辺境でのみ用いられていた祈祷契約を多用した。大陸を崩壊寸前まで追いやった悪魔契約はこうして消滅した――はずなのだが。

「悪魔契約には引き金になる文言《もんごん》が必要だ。それが『死言《しごん》』と呼ばれる死の言葉。……ああ、くそがっ」ルークは苛立《いらだ》たしげに吐き捨てた。「本当なら肉体の一部を捧げる契約なんだが。あの野郎、自棄になって制御《せいぎょ》を放棄しやがった。忌々《いまいま》しい」

「し、しかし悪魔契約は大陸法で」

「禁止されていようがいまいが事実今そこで契約されている。現実を見ろ」

セシリーはむっとして言い返そうとしたが、ルークを振り返り息を飲んだ。

ルークはじっと首領の変化を睨《にら》み据えている。彼の右目には何かどす黒い感情の波が渦巻いていた。憎悪？　怒り？　わからない。とにかく一言で説明できない何かがその目に込められていたのだ。

――そういえば。

ルークは何故《なぜ》、こんなにも悪魔契約について詳しいのだろう？

「来るぞっ！」

見るととうとう首領の肉体を喰《く》い尽くした。

そして一時《いっとき》の静寂を経《へ》て。

爆発。

膨れ上がった白光が視界を塗り潰《つぶ》した。悲鳴もどよめきも爆音に喰われる。全身を叩《たた》く烈風は意外にも冷たく、撫《な》で切るように素肌の上を滑っていった。

セシリーは頭をかばうので精一杯だった。爆発の瞬間に正常な思考回路は吹き飛び、咄嗟《とっさ》に手近なものにしがみついた。その『手近なもの』は意外にも力強く彼女を抱き寄せてくれた——。

爆発の余波は、

「っ————……」

発生時と同じくらい唐突に、あっさりと消えた。

「…………あっ」

セシリーはゆっくり瞼《まぶた》を開き、ほとんど額をくっつけるような形で接触していた『手近なもの』——ルークの胸板を反射的に突き飛ばして退《の》けた。すぐに失礼なことをしてしまった、と後悔したが彼の右目はこちらを見ていない。

その視線の先を追い、呼吸を止めた。首領の男がいたはずの場所に巨大なクレーターができていたのだ。草も木も花も近辺にあったものは根こそぎ消し飛び、地面はなだらかな坂ができるほど抉《えぐ》られていた。クレーターの中央からはもうもうと白煙が上がっている。

「っ！　無事かリサ」

「な、なんとか」

　リサは地面に顔面から突っ伏した状態で手を上げた。足元に生えていた草を掴《つか》んで衝撃をやり過ごしていたらしい。ぐるぐると目を回しながら立ち上がる。他の団員や傭兵《ようへい》たちも呻《うめ》きながら起き上がり、何が起こったのかと辺りを見回していた。

　とりあえず皆無事のようだ。ほっと息を吐いて——セシリーはその息の白さに驚愕《きょうがく》した。ぶるるっ、と身震いをする。寒い。空はあんなにも晴れ渡り太陽が輝いているというのに、吐息は白く、肌寒さを覚える。よくよく見ると森も霧がかったように虚《うつ》ろに白くにじみ始めていた。

　肌寒さを感じたのは無論セシリーだけではなかった。団員や傭兵が異変に気付き口々に困惑の声を漏らす。

「セシリー・キャンベル。避難だ」

「ど、どういうことだ。これは一体」

「いいから黙って従え！」ルークはクレーターの中央を見つめながら叫《さけ》んだ。「ヤバイ。全員ここから逃げろっ！」

　結論から言えば手遅れだった。

　クレーター中央の白煙が突然の強風に霧散する。うねりを上げる霧の渦に目を細めながら、セシリーはそこに現われた『モノ』をしかと目撃した。

「…………なん、だ。あれは」

四《よ》つん這《ば》いの獣――いや獣と呼んでもよいものか。それを獣と呼ぶには生命の温《ぬく》もりや鼓動といったものが一切感じられなかった。

何故《なぜ》ならそれは、氷の塊だったからだ。

獣の形をした、氷。

数百本もの氷柱《つらら》を組み合わせてできた模型のような構成物。全体的なフォルムは鋭角に尖《とが》り、円錐《えんすい》状の四肢を地面に突き刺して身体《からだ》を支えている。その突き刺された地面には四肢から浸食されたように氷の膜が張っていた。「フー、フー」という呼吸音が響き、その度に緩く寒波が吹きすさぶ。

霧はどうやら氷の獣を取り巻くように発生しているようだった。身体の芯《しん》まで侵さんとする冷気もまた彼を発生源としている。正に氷の――悪魔。

セシリーは慄然《りつぜん》として凍りつく。未《いま》だかつて見《まみ》えたこともない生物は、表情らしい表情も無くただそこで冷気を放っているだけだったが、それでも彼女は圧倒された。これから何が起こるのか。何が起ころうとしているのか。未知への恐怖に我知らず捕らえられていた。

「何をボサッとしてやがる。早く逃げろ、お前らもだっ」

ルークの声を遠くに感じる。セシリーの注意は氷の悪魔に縫い付けられていた。

みし。みしし。悪魔の身体が軋《きし》んだ——かと思うと、そこからひび割れるような音が連続し悪魔は背中に無数の氷の柱を逆立てた。

その柱が一斉に射出される。

「セシリー！」

セシリーがそれを知覚したのは、終わった後だった。

全身を丸ごと殴られたかのような衝撃を受け、意識も痛覚も根こそぎ吹き飛ぶ。気が付いたときには地面に転がっており、わずかな時間ながらも気絶していたのだと理解するのに多少の時間を要した。

「あ、ぅ……？」

何が。

起こった？

痛みが微弱な痺《しび》れを伴う。濡《ぬ》れた感触に不快感を覚え、検《あらた》めると全身が自身の血にまみれ汚れていた。大怪我《けが》という怪我では無いが細かい裂傷が多い。微細な粒のような傷を腕や頬《ほお》に負い、騎士団の制服は所々裂き解《ほつ》れ、さらに凍えるような寒気が肉体の表面を覆っていた。

——あの氷の柱、なのか？

柱というよりは矢に近いかもしれない。悪魔の背中から飛び放たれたそれらに彼女は全身を打たれたらしかった。セシリーだけではない。遠征隊の面子《メンツ》や盗賊たちまでもが巻き込まれ、苦痛にのたうっていた。

うつ伏せになりながら霧の向こうに目を凝らす。うっすらと氷の悪魔の輪郭が見えた。相変わらず無機質な呼吸音を漏らしている。心なしかその輪郭が上下しているような。

「来る……」

凍りついた水溜《みずた》まりを踏み砕くような音が、ゆっくりとこちらに近付いてきていた。円《えん》錐《すい》状の四肢を順番に引き抜き、突き刺し、それを繰り返して着実に前へと進んできていた。距離が狭まるにつれて気温は下降の一途をたどり、地面を抉《えぐ》る音が不気味に響く。

セシリーの見ている霧の向こう、悪魔の輪郭の中で、何かがふたつ輝いた。

奇《く》しくもそれは宝石のように美しい輝きを放ち——同時にまったく生命の息吹の感じられない無機質さをも持ち得ていた。

「目……」

あれは悪魔の右目と左目。

この世ならぬ双眸《そうぼう》がこちらを見ている。そしてこちらの存在を確かに捕捉している。

がちがちとセシリーは歯を鳴らした。寒さのためでは決してない。恥も外聞も無く彼女は恐怖していた。

——くそっ！

それでもセシリーは立とうとした。立って剣を構えようとした。目前に脅威が迫っている、安穏《あんのん》と寝ていられない——しかしそうした思いも虚勢に終わった。膝《ひざ》に力が入らず、立ち上がるそばから崩れ落ちてしまった。両膝《りょうひざ》が情けないくらいに震えている。思った以上に自分の身体《からだ》は傷つき、血を失っているらしかった。

せめて足掻《あが》こうと思い剣を前に突き出す。だがすぐに歯噛《はが》みした。先ほどの悪魔の攻撃にやられたのか、その剣身は根元から先が砕けて無くなっていたのだ。こうしている間も氷獣の悪魔は近付きつつある。焦燥がセシリーの胸を焦がし、彼女は拳《こぶし》で己の膝を何度も叩《たた》いた。痛みで膝の震えを打ち消そうとしたが。

冷気が頬《ほお》を叩き、強烈な存在感をすぐ近くに感じた。見なくてもわかる。悪魔はもうすぐそこまで来ていた。凄《すさ》まじい圧迫感にそれだけで潰《つぶ》されてしまいそうになる。セシリーは思わず目を閉じた――

金属音が、明瞭《めいりょう》に響いた。

顔を上げたセシリーは瞼《まぶた》を見開く。なんとなく予感はしていた。

視界を遮《さえぎ》りにじませていた霧の渦が、真っ二つに割れていた。縦に引き裂かれたベールの狭間《はざま》で、ふたつの陰影が重なっている。

ひとつは言わずもがな氷獣の悪魔。もうひとつは。

――これで三度目になってしまった。

「ルーク！」

5

霧が縦に切り開かれた空間で、氷獣の悪魔とルークが極近い間合いで対峙《たいじ》していた。悪魔は呼吸を止めて微動だにせず、ルークは刀を振り下ろした姿勢でやはり一切の動きを禁じていた。

ルークが悪魔に斬り込《き》んだのだ、と理解するのは難くなかった。しかしその斬撃《ざんげき》がいかなる結果を引き起こしたのかはまだわからずにいた。

あの『刀』は、悪魔を斬れたのか？

風を切る音。何の音かと見回したセシリーの目の前に、細長い何かが落下し突き刺さった。しゃくり上げたような声を出して後ずさる。それはへし折れた剣の刃だった。セシリーははっとしてひとりと一体の方を顧みた。

振り下ろされたルークの刀。その刀身が真ん中からきれいに無くなっていたのだ。よくよく見れば氷獣の左右の目の間、眉間《みけん》と思われる箇所が欠けている。

——欠けるだけなのか。

鉄をも斬り通す『刀』。しかし氷獣の身体《からだ》を斬り通すことはできず、折れた。

失望がセシリーに満ちる。駄目《だめ》なのか。あの悪魔に人間は敵《かな》わないのか。

この世の終わりとまで言われた代理契約戦争《ヴァルバニール》。このような悪魔が大陸中に群がっていたのだとすれば、その意味も頷《うなず》けた。場違いな実感にセシリーがうつむいたとき。

「仕方無い。久しぶりにあれをやるか」

そう言って軽快に飛び退《の》き、ルークは惜しげもなく折れた刀を放《ほう》り捨てた。焦りも恐れも無い、あまりに普通な彼の口調に意表をつかれ、セシリーはそちらを見やる。

ルークは不敵に笑っていた。

「リサ！」

「あい！」

今まで何処《どこ》に隠れていたのか、セシリーの脇《わき》からひょっこりと小さな頭が飛び出した。リサだ。彼女の作業着はやはり切り裂かれたようにところどころが解《ほつ》れていたが、彼女自身はぴんぴんしていた。

ルークは駆け寄ってくるなりリサの首根っこを掴《つか》み、軽々と片手で持ち上げた。地べたに這《は》ったまま茫然《ぼうぜん》としているこちらを一瞥《いちべつ》し、またふっと笑う。

「報酬《ほうしゅう》は弾《はず》めよ」

それは妙に無邪気な笑顔で、セシリーは図らずも見惚《みと》れた。

「ルー――」

「リサ、奴《やつ》をこっちに引き付けろっ」

「うい！」

ルークの手に吊《つ》られたリサは小気味良く返事をし、セシリーには聞いたことも無い、言葉らしきものを喋《しゃべ》り始めた。それは『言葉』と解釈するのも怪しい、獣の唸《うな》り声や鳴き声を単音で区切って細切れにしたような、よくわからない音の羅列で成っていた。

しかし氷獣はリサの声に反応を示す。セシリーの許《もと》を離れ森の奥へと駆けていくルークたち。そちらの方角へ頭をもたげると、身体《からだ》を沈めた。頭上から圧迫されたかのように背中はひしゃげ、軋《きし》み、とうとう腹這《はらば》いになるまでため込んで——一気に解放。氷のつぶてをまき散らしながら氷獣は前方上空へと飛び上がり、放物線を描いた後、四肢の先端で地面を貫きながら接地。進路にあった木の枝は残さず蹴散《けち》らしながら、喧《やかま》しく跳躍と着地を繰り返してルークたちの後を追っていってしまった。

「…………」

ぽつん、とセシリーはわけもわからぬまま取り残された。

——彼には何か策があるのか。

自信に満ちた笑みを浮かべていた。何処《どこ》にも負けてやる要素などない、やられるなんて発想すらしない、そういう表情をしていた。

『報酬《ほうしゅう》は弾《はず》めよ』

そしてそんな表情をあっさりと受け入れている自分にも気が付いていた。

なんとなくあの男は帰ってくるような気がする。無傷とはいかないだろうが、何らかの決着を着けて。そういう説得力が、何故《なぜ》だかあった。

とにかく自分は生き延びたらしい。セシリーはそのことに気付き、ほっと安堵《あんど》の息を吐き——

『――それでいいんですか？』

「……いや」

首を横に振って立ち上がった。

血まみれの身体。ぼろぼろの制服。乱れた髪。土埃《つちぼこり》に汚れた顔。ずいぶんと小汚くなってしまった格好で、彼女は森の奥を見つめる。

「違う」

足が勝手に進む。行き先はルークや氷獣の消えた森の奥。

「駄目《だめ》だ」

叢《くさむら》をかき分け、進路を阻む枝を砕け折れた剣で斬《き》り散らし、散乱した枝を踏み砕く。

「いけない」

関節の節々が軋み、血は止め処《とど》なく流れ、歩む振動だけで気が狂いそうな痛みが走る。

覚束《おぼつか》ない足取りは夢遊病者のよう。

しかし着実に前へは進んでいる。

『――それでいいんですか？』

「良くない」

そしてきっと許せない――。歩調は徐々に速くなる。ここで黙っていたら、きっと自分は自分を嫌いになる。許せなくなる。

騎士が市民にすべてを委《ゆだ》ねるなどあってはならない。それは職務放棄であり、キャンベル家の名を穢《けが》す行為だ。……それに。

『私を見てほしい』

まだセシリー・キャンベルという人間を見定めてもらっていない。

森の開けた空間に飛び出した。そこはちょっとした野原だった。あまりに唐突だったため軽く蹴《け》つまずく。力なくよろけ、上目がちに顔を上げると、予想もしていなかった光景がそこにあった。

球状の炎が中空に浮いていた。

人間ひとりを丸ごと飲み込めるような巨大な炎球だ。黒い揺らめき。眺めているとそれだけで引きずり込まれそうな不思議な引力を感じる。黒々と球形を描くそれを炎と判別したのは、火の粉を飛ばし、風に揺らぐ焚《た》き火《び》のように淡く揺らめいていたからだ。ただしあんなにも大きな炎の塊にもかかわらず不思議と熱は感じなかった。

悪魔の存在だけでも気後れしてしまっているのに、今度は何事だ。セシリーはあまりのことに言葉を失った。

「――――っ、お前、なんで」

炎球のそばにいたルークが、驚いたようにこちらを振り返っていた。彼の隣ではリサがこちらに背中を向けて炎球を見上げている。

なんで来た――。言葉通りルークは咎《とが》めるような顔をしていたが、同時にいたずらを見つかった子どものように、ばつの悪そうな表情もしていた。

彼の手には刀身の無い、柄《つか》だけの刀が握られていた。……刀身が無い？　何故《なぜ》そんな物を？　いやそれよりあの炎球は――ひょっとしてルークが作り出したものなのか？　祈祷《きとう》契約なのか？

様々な疑問が頭を巡る最中《さなか》。耳たぶにひんやりと冷気を感じ、セシリーはそちらを振り返る。そこには氷獣がいて、黒い炎球とルークたちに向かって背中を逆立てていた。背には先刻のように無数の氷柱《つらら》がびっしりと生えていた。悪魔はぶるぶると振動していて、今にも氷柱を解き放とうとしている、それが容易に見て取れた。

途端――セシリーの背中が粟《あわ》立《だ》つ。心臓が高鳴り、膝《ひざ》が笑い出す。あまりの情けなさに泣きたくなった。後ろ向きな気持ちを反映するように全身の傷が激しく疼《うず》く――それでも足は勝手に動いていて、むしろ積極的に駆け出していて、そしてルークの許《もと》にたどり着いていた。

ルークには背を、氷獣には体の正面を向ける。両者の間に入るような形でセシリーは立ち止まった。浅く呼吸をして動悸《どうき》を落ち着ける。

「おい何してるっ、退《ど》けろ!!」

もう遅い。セシリーは振動する悪魔を見つめる。悪魔もセシリーを見ている。

「お前はその辺で黙って見ていればいい!!」

できることならそうしていたいが。

残念ながらできない注文だ。

「あなたは私に、指をくわえて見ていろと言うのか」

「あぁ!?」

「何もできず手をこまねき、のうのうと安全圏にいろと言うのか」

「何を言って」

「私は独立交易都市公務員三番街自衛騎士団の一団員だ」

セシリーは腰の裏に手をやった。そこには剣の柄《つか》が鎖で吊《つ》るされている。

「そして誇り高きキャンベル家の現当主だ」

柄を右手に握り、鎖を引き千切《ちぎ》った。

——父上よ。私に力をください。

「私の仕事は都市を守ること」

今の自分にできることは少ない。自分にあの悪魔を討ち滅ぼす力は無い。ならば。

「市民《あなた》を守ること」

せめて彼の盾に。セシリーは四肢を大の字に広げた。

「見届けてくれルーク・エインズワース。これがセシリー・キャンベルだ」

氷獣の背に生えていた氷柱《つらら》の剣山が、一度大きく震え、そして一斉に連続射出された。天高く弾《はじ》き出されたそれらは頂点に至り、やがて次々とこちらへ落下してきた。セシリーが瞳《ひとみ》を閉じた瞬間に衝撃はやって来る。先ほどはただ殴られたとしか感覚できなかったが、二度目の今は研ぎ澄まされた神経が氷柱のひとつひとつを正確に知覚した。どしゃ降りの雨を真正面から受けたかのような奔流《ほんりゅう》。つぶては額を打ち、まぶたを切り裂き、頬《ほお》を叩《たた》き、肩甲骨を削り、手首を弾き、胸を突き、脇腹《わきばら》や太股《ふともも》を抉《えぐ》った。意識を喪失しかけ、仰《の》け反《ぞ》って頭から転倒してしまいそうになる。セシリーは唇を噛《か》んで後ろに反《そ》る背中をむしろ前へ前へと傾けた。こうなれば両脚を踏ん張り瞳を見開く。氷柱が身体《からだ》に衝突して砕け散りその凍える破片が降り注ぐ。それとは別に熱い液体が迸《ほとばし》るのも感じてあぁ出血したのだなと思う。激痛と冷気と貧血がごちゃ混ぜになりとうとう感覚は麻痺《まひ》してしまう。でも右手に握った柄の感触だけはしっかりと感じていた。氷の雨は終わらない。しかしセシリー・キャンベルもまた終わらない。

そして彼女は背中で聞く。ルークの声を。

「水減し《ミズベシ》。小割《コワリ》。選別《センベツ》。積み重ね《ツミカサネ》。鍛錬《タンレン》。折り返し《オリカエシ》。折り返し《オリカエシ》。折り返し《オリカエシ》。折り返し《オリカエシ》。折《オリ》り返し《カエシ》。折り返し《オリカエシ》。——心鉄成形《シンカネセイケイ》。皮鉄成形《カワカネセイケイ》。造り込み《ツクリコミ》。素延べ《スノベ》。鋒造り《キッサキヅクリ》。火造り《ヒヅクリ》。荒仕《アラシ》上げ《アゲ》。土置き《ツチオキ》。赤め《アカメ》。焼き入れ《ヤキイレ》。鍛冶押し《カジオシ》。下地研ぎ《シタジトギ》——備水砥《ビンスイド》、改正砥《カイセイド》、中名倉砥《チユウナグラド》、細《コマ》名倉砥《ナグラド》、内曇地砥《ウチグモリジド》。仕上研ぎ《シアゲトギ》——砕き地艶《クダキジヅヤ》、拭い《ヌグイ》、刃取り《ハトリ》、磨き《ミガキ》、帽子なるめ《ボウシナルメ》」

祈祷《きとう》……ではない。聞き慣れぬ単語の羅列は、祈祷契約で用いられる文言《もんごん》に似ているようでまったく異なっていた。今のセシリーにそれ以上のことはわからない。だが何かを作り出そうとしている——そう察し、ただ盾としての役割に徹した。

「——柄収め《ツカオサメ》」

ルークのその言葉とほぼ同時に、氷の雨はやんだ。衝撃の消滅。不意に訪れた静寂にセシリーはよろけた。

セシリーには自分の身体《からだ》を検《あらた》める余力すら残っていなかった。しかし耐え切ったという、その実感だけは全身の痛みと痺《しび》れが教えてくれる。広げていた腕がだらんと下がり、すると右手が妙に軽いことに気付いた。柄《つか》を握っていたはずの右手。見下ろすと剣の柄は砕けてほとんど消失していた。喪失感は無い。

剣は砕けても、セシリーの心は折れていないから。

これでいい。

——ありがとう、父上。

力が抜けて足元から崩れ落ちる。その肩を後ろから誰《だれ》かが抱き止めてくれた。

「ルーク……」

「セシリー・キャンベル」

彼は前だけを見ていた。

氷の悪魔を睨《にら》み据えている。

「お前のおかげで、問題無く完成した」

彼の左腕はセシリーの肩を抱いていて、逆の手には刀があった。意識の朦朧《もうろう》としていたセシリーには驚く余裕すらなかったが、それは不思議な剣だった。

『刀』自体が目新しいものであることには間違いないのだが、その剣は特に異質だった。刀身が赤く変色していたのだ。

どうやら発熱しているらしく、こうしてそばで見ているだけで素肌に熱を感じる。それだけでなく蒸気を発し、刀身全体からもうもうと白い靄《もや》を立ち上げている。

一体何処《どこ》にそのような刀を隠し持っていたのだろうか。帯びていた刀は折れてしまったし、先ほど手にしていた柄には刀身は無かったのだが。

「今度こそ俺《おれ》に任せてもらおうか」

いずれにせよ瑣末《さまつ》なことだろう。セシリーは力無く微笑《ほほえ》み返した。

「行け」

電光石火、ルークは鎖から放たれた獣の如《ごと》く猛進。青年はすり足で地面を穿《うが》ちながら疾駆し、瞬《また》く間に氷の獣の眼前に到達する。刀の蒸気が長く細く尾を引き、弧を描いた。切《き》っ先《さき》が地面の上を滑り、上昇。蒸気は霧の冷気を粉々に粉砕。冷気の膜を失い丸裸にされた悪魔に刀の刃が喰《く》い込んだ。

今までとは比較にならないほどの、爆発的な蒸気が迸《ほとばし》る。

悪魔の肉体を構成していた氷が刃に触れる先から融解していった。火花のように粒子が飛び散りルークの素肌を焼く。しかし剣筋は一瞬たりともぶれはしない。斬《き》ると言うよりは焼き斬ると言ったように刀身は悪魔の中を奔《はし》り、氷獣の右前脚上方から肢体、首、左肩へと抜ける。遂に体外へと飛び出した刀。しかしルークは止まらない。遠心力に任せてルークは身体を回転。剣の軌道は頭上へと至り再び両者が正対したとき、ルークはその軌道を真下へと一度に振り下ろした。刀は獣の眉間《みけん》から侵入を果たし胸元から外へと脱出を遂げる。

訪れた沈黙。そして崩壊。

獣に穿《うが》たれた二条の刀傷。そこからひび割れが生じ、見る見るうちに全身に伝染していった。ルークは背中を向ける。同時、氷の獣は粉々に砕け散った。

悪魔は消え失《う》せた。

「……ふぅ」

軽く吐息をつき、ルークは肩の力を抜いた。

セシリーもほっと脱力したが、ふと妙に思って下を見下ろした。後ろから腰に抱きつくようにしてリサが彼女の身体《からだ》を支えてくれていた。ぎゅっと強い力で、背中に額を押し当てて。セシリーは腹の前で組まれた小さな手にそっと触れた。ウヒ、とくすぐったそうな声が腰の裏を震わせてセシリーは苦笑した。

ぴし、というひび割れる音に顔を上げる。

「あ……」

悪魔の後を追うように、ルークの刀にも亀裂《きれつ》が走っていた。かと思うと柄《つか》ごと砕けてあっという間に風化し霧散してしまった。茫然《ぼうぜん》としているセシリーに、しようがないさ、とでも言いたげにルークは肩をすくめた。一片の名残り惜しさも無いようだ。

「やれやれ」彼は肩を揉《も》みながらこちらに戻ってくる。「今日は久々に重労働だっ――」

こちらを見たルークが両鼻からいきなり鼻血を噴き出した。慌《あわ》てて押さえる後からも指の隙間《すきま》からぼたぼたと赤い血が溢《あふ》れ出す。

「る、ルーク⁉　大丈夫かっ。まさかあの悪魔に何か」

「っだ、大丈夫だからお前ソレなんとかしろこっちに寄るなっ！」

ソレ？と首を傾《かし》げてから、セシリーはもう一度下を見やった。

先ほどは血にまみれていたから気付かなかったのだろう。二度にわたる氷の雨によって彼女は満身創痍《まんしんそうい》だった。当然騎士団の制服も無残に切り裂かれ、皮や布などの装甲はあらかた剝《は》がれ落ちていた。……要するに。

セシリーの豊かな胸は何もかも丸出しになっていた。

「――――‼」

轟《とどろ》いたのはセシリーの悲鳴。

ではなく、ルークの悲鳴だった。

6

「意思疎通の不可能な人外を薬物で使役し、なおかつ大陸法で禁じられている悪魔契約を行った……この盗賊一派には必ず裏がある」

「……」

「都市に戻ったらすぐさま団長に報告しなければならない。捕らえた残党からも話を聞かねば」

「……」

「早急に対策を……いや、まあ、うん。ごほんごほん」

セシリーはわざとらしく咳《せき》を繰り返した。頬《ほお》が赤い。胸にはルークから『借り受けた』外套《がいとう》を巻いていた。

「と、とにかく御苦労だった。感謝している、ルーク・エインズワース」

ルークはぶすっとして答えなかった。


晴天。

悪魔の消失により霧も溶けるようにして無くなっていた。野原は見違えるように陽射《ひざ》しに満ち、急な温度差に眩暈《めまい》を覚えてしまうほどだ。

セシリーはちらちらと横目でルークを窺《うかが》う。彼は何故か顔中をぼこぼこに腫《は》らしており、まるで暴漢にでもあったような有様だ。セシリーはとうとう頭を下げ、

「その、すまなかった……つい取り乱してしまって……」

「お前は取り乱すと相手を押し倒してタコ殴りにするのか」

「う、あぅ……申し訳ない……」

「まぁまぁ。セシリーさんもこうして謝ってるじゃないですか」

と、横からなだめたのはリサだ。霧の名残りで野原は湿り、そこで運悪く転倒してしまった彼女は泥まみれになっていた。

「でも女性の胸を見ただけで鼻血出しちゃうなんて……ルークって意外にウブだったんですね」

「黙れ。放り出すぞ」

「それにしても、お、おっきかったですよね……」

無言で鼻を押さえるルーク。セシリーは真っ赤になってリサを取り押さえた。

「憧《あこが》れます」

「それはもういいからっ。——リサ。君にも礼を言いたい。ありがとう」

えへへ、とリサは照れたように笑った。しかしその笑顔にふっと影を落とす。

「お父さんの形見の剣……壊れちゃいましたね」

セシリーは目を細めて微笑《ほほえ》み、いいんだ、と頷《うなず》いた。

「最後に良い働きをしてくれた。悔いは無いよ」

最後の最後、悪魔と向き合う中、セシリーを支えてくれた。

父の形見は——キャンベル家の剣は立派にその役目を果たした。

父と剣に、弔《とむら》いと礼の言葉を捧《ささ》げよう。

「ところでルーク・エインズワース」

「……なんだ」

「昨日の件、考えてもらえないだろうか」

私を見定めてほしい——。

ルークはセシリーに右目を向けた。左目は微動だにしない。

何故《なぜ》ならそれは義眼だから。

どうやら彼は一介の鍛冶屋《かじや》ではないようだ。廃《すた》れたはずの鍛冶《かじ》技術。悪魔契約の知識。悪魔とさえ渡り合ってみせた剣術。黒い炎球。蒸気を発する『刀』。そして隻眼《せきがん》。いろいろと隠れた事情がありそうだ。

だがセシリーはあえて追及しない。それは野暮というものだ。

望むことはただひとつ。

セシリーは胸に手を当て、浅く頭を下げた。

「私に剣を鍛えてもらえないだろうか」

セシリー・キャンベルは騎士になり立ての未熟者だ。歳《とし》も十六とまだ若く、経験も浅い。今回の遠征では粗《あら》が多く、感情的に行動し、市民《ルークたち》の協力無くしてはまともに戦うことすらできなかった。

そのような自分は、あなたが腕を振るうに値するだろうか？

長い沈黙。セシリーは頭を下げたまま動かなかった。

固唾を飲んで待ち続ける。

ため息が聞こえた。

「……いいだろう」

がばりと頭を上げたセシリーは、

「約束する！」

弾《はじ》けるような、歳《とし》相応の笑顔を浮かべていた。

「私はあなたの剣でこの都市を守る。そのために最高の剣を作ってくれ、ルーク・エインズワース！」

ルークは不意をつかれたように目を見張り、けれど慌《あわ》てて顔を背けた。

「？　どうした」

「……なんでもない。ただ、昔お前と同じことを言った奴《やつ》がいて。よく似ていて――」

そこまで言いかけて、ルークは頭《かぶり》を振った。

「いい。忘れてくれ。それより」

気を取り直すように腕を組む。

「金の話だ」

……。

「…………え？」

セシリーは凍りついた。

「え、じゃない。まさかこの俺《おれ》が善意でこんなことやったと思ってるのか？　本当におめでたい女だな。まずは今回の遠征の報酬《ほうしゅう》だ。これだけ働いたんだ、それ相応の金を期待していいんだろうな？」

「そ、それはもちろん……団長と市長に報告の上、取り計らうが」

「よし。あとはお前に作る刀の値段だ。俺は素材にただの鉄ではなく玉鋼を使うんだが、これが第一タタラ工房《アトリエ》の高純度のものでな。俺の刀はそこら辺の剣より滅法《めっぽう》高い。かかる費用が――」

指折り数え出すルーク。

「あの……ルーク？」

「刀身の鍛錬《たんれん》料の他に、研ぎと鞘《さや》、柄《つか》の代金もいただく。昔は研師《とぎし》とか鞘師とか専門の人間がいたんだがな、今は俺が兼業でやっている。腕は鍛錬ほどではないから、まあ安く見積もってやるよ。というわけで刀の値段と合わせて――」

セシリーの背中を嫌な汗がびっしょりと濡《ぬ》らしていた。

「ちょ、ちょっと待ってくれっ。私はその、公務職とはいえ決して高いとは言えない給料で、それもほとんど家に入れていて、つまり貯えも少なくて」

「あ？　知るか」

「ぶ、分割払いは利くのかっ？」

「ほざけ。ウチは一括だ」

「あ、後払いは……？」

「ふざけるな。先払いに決まってるだろう」

「この守銭奴《しゅせんど》がぁッ！」

……セシリー・キャンベルの剣が作られるのは、当分先の話になりそうだ。

（第1話「騎士」了）

The Sacred Blacksmith

第1話――騎士

Knight

第2話 Girl——少女

1

リサの朝は早い。

彼女が住み込みで働いている工房《アトリエ》『リーザ』には一軒の離れがある。いわゆる鍛冶場《かじば》と呼ばれる鍛冶作業を行うための小さな建物だ。リサはそこで寝泊りをしている。

もちろん鍛冶場は広くない——最も場所を取る窯《かま》、ヤスリをかける台、手鎚や向槌《むこうづち》、鋏《はさみ》、鉄《のみ》、テコ棒などといった工具一式、使用した炭を保存して再利用するための炭箱……といったように諸々の鍛冶道具が所狭しと詰め込まれている。窓の鎧戸《よろいど》は常に開けっ放しにしてあるが鉄と炭の匂《にお》いが濃厚に室内に漂う。リサはそのような環境の中で、折り畳み式の小さな簡易寝台を広げて床についていた。

太陽が昇り、辺りがようやく青白さから白に塗り変わる頃《ころ》、リサはおもむろに「むくり」

と起き出す。その際「むくり」と声に出して言う癖がある。

く、と寝台の上で背伸び。窓の外に目をやり、にへらと笑う。

「今日も良い天気です」

リサは寝巻きを持っていないのでいつも下着姿で寝ていた。今もショーツ一枚だ。あられもない姿で寝台を畳んで部屋の隅に立てかけ、離れの奥に向かう。工具の山に手を突っ込んで小さな衣装箱を引っ張り出し、着替えを見繕い、シャツを着、その上から作業着に袖《そで》を通す。袖を折って汲《く》み置きの水でさっと顔を洗い、髪の寝癖を軽く整える。準備完了。

今日も一日ガンバります。

うし、と頬《ほお》を叩《たた》いて気合を入れる。最近は気温も暖かくなってきたがまだこの時間帯は肌寒い。リサは木の桶《おけ》を持って駆け出した。しばらく小走りに進み、ほどなくして畑の側《そば》の井戸にたどり着いた。

独立交易都市ハウスマン七番街。都市の公的農地として運営されているこの七番街は、市の端っこ、灰被《はいかぶ》りの森近辺にあるため隅々まで上水道が行き渡っていない。なのでリサはこうして毎朝井戸に水を汲みに来ていた。

井戸には先客がいた。リサとも顔見知りの老婆だ。彼女は井戸の縁で頭《こうべ》を垂れ、ぶつぶつと何やら祈りを捧《ささ》げていた。祈祷《きとう》が終わるまでリサは大人しく後ろで待つ。

老婆はおもむろに首から提《さ》げていたペンダントを外し、鎖を手に、井戸の上に掲げた。すると鎖の先についていた小さな石——それが湿り始め、やがて一滴の雫《しずく》を垂らす。雫は井戸の中に落ち、井戸水の表面をぽちゃんと叩《たた》いた。

これは井戸水をきれいに浄化するという、七番街の市民に課せられた毎日の当番作業である。毎朝こうして祈祷《きとう》契約——老人の持っていたペンダントの石が玉鋼なのだ——を行うのが慣例だ。

「おはようございます！」

「はい、おはよう。ちょうど今お祈りが終わったところだから、どうぞ」

「ありがとうございます！」

ふたりはニコニコと挨拶《あいさつ》を交わす。これもいつものやり取りだ。

リサは鍛冶屋《かじや》と井戸を何度も往復して水を汲みためていった。ほどほどにたまったところで次は洗濯だ。鍛冶屋という職業柄か汚れ物は多い。もちろんルークの分も含め、自分の下着を一緒くたにして手洗いする。炭の汚れはしつこい。水を張ったたらいに沈めた衣服を、これでもかと次々擦《こす》り立てていくとたらいの水はすぐに真っ黒になった。今度洗濯液を作るのに挑戦してみよう、とまだ若干の汚れの残る衣類を見て決意した。

洗った服は離れのそばに干す。すぐ隣に火山灰で覆われた森があるが、灰は森を越えて街に降ったりはしないので大丈夫なのだ。日中は必ず陽《ひ》が当たるところでもあるので乾きも早い。

洗濯が終われば朝食の準備——なのだが、この頃《ころ》になると外はだいぶ明るくなってくる。ここまでの作業だけでも結構な重労働だ。コップ一杯の水を一気飲みして小休止とした。

外に椅子《いす》を持ち出して座り、太陽に向かって「はー」と口を開けてぼんやりし、小鳥のさえずりには小さく手を振って締まりの無い顔で笑う。そのまま静止。

……。

……。

「……ハイ！」

ぴこーん！と瞳《ひとみ》に光が宿り、気力回復。椅子を蹴倒《けたお》すようにして立ち上がり駆け出す。空っぽの籠《かご》を頭に被《かぶ》って駆け足だ。何事も勢いが大切である。

畑の片隅のとある農家を訪れる。木の枝を編み、牛糞《ぎゅうふん》や麦わら、粘土を混ぜたものを塗り込んだ土壁の家だ。そこで食料を分けてもらう。焼き立てのパン、産み立ての卵、売り物にできない傷《いた》んだ野菜。籠一杯に渡された。

「いつもすみません！」

「いいのよぉ。今度の収穫のときはお手伝いよろしくね。包丁《ほうちょう》もまたお願いしていいかしら？」

「もちろん！　ルークに伝えておきます！　ありがとうございましたー！」

農家の朝はリサよりもずっと早い。もう畑に出て働いている。籠を肩に担ぎながらリサは働く人々にぶんぶんと手を振った。

籠を抱えたリサは離れではなく本宅の方に戻った。こちらは玄関を入ってすぐの居間、ルークの寝室、台所の三部屋から成っている。リサは居間を通り台所の流し場へ。小さな石の炉で薪《まき》や焚《た》き付け用の小枝を並べて火を熾《おこ》し、五徳という脚の付いた鉄の輪にフライパンを載せて温める。都市では祈祷《きとう》契約で火を熾すのが基本だが、この工房《アトリエ》では自力で行うので準備も大変だ。

「お次は、と」

きらり輝く、ルーク製の包丁《ほうちょう》とリサの瞳《ひとみ》。小さな調理台で二個のパンをそれぞれ半分に切り、野菜も刻んでふたり分に分ける。十分に熱せられたフライパンに油を少量垂らし卵を落とす。お手軽に目玉焼きを作り、スライスしたパンの上に盛り、さらに野菜を載せる。最後にパンで挟んで完了。ついでに炉の残り火で湯を沸かし、森で採集しておいた葉を煮出して茶を淹《い》れた。

台所にあった椅子《いす》と卓《つくえ》を居間に運ぶ。卓上に野菜と目玉焼きをサンドしたパンとお茶を並べて完成。いずれも出来立てで美味《うま》そうだ。ぐー、とリサのお腹《なか》が鳴った。

「朝ですよ朝ごはんですよ美味《おい》しそうですよお腹空《す》きましたよー！」

寝室の扉をがんごん叩《たた》く。部屋に入ると怒られるのでこうして外から呼びかけるのが習慣だ。今日はなかなか反応が無いのでさらにがんごん叩く。別に早く朝ごはんが食べたい一心で過剰に呼びかけているわけではない。嘘《うそ》だが。

ほどなくして内側から扉が開いた。出てきたのは、

「…………」

寝ぼけ眼《まなこ》の主《あるじ》、ルーク・エインズワースだった。方々に撥《は》ねた寝癖。虚《うつ》ろな眼差《まなざ》し。着

乱れた服の懐《ふところ》に手を突っ込んでぼりぼりと胸の辺りを掻《か》いている。彼は相当に寝起きが悪い。

「おはようございます！　朝ごはんにしましょう！」

「…………」

ふたりで卓に着く。

リサははむはむと食欲旺盛《おうせい》に平らげていくが、ルークはついばむようにゆっくりパンを齧《かじ》っていく。会話は、無い。寝起きの悪いルークは朝は一言も喋《しゃべ》らない。リサも朝の彼に話しかけても無駄だということは長い付き合いで知っているので無理に話題を振ろうとはしない。足の届かない椅子の上でぶらぶらと足を揺らしている。

食事が終わるとリサは食器洗いをし、次いで居間などの掃き掃除を始めた。ルークはその間に洗顔を済ませ、それでようやく彼の目に人らしい光が灯《とも》る。

「あー、まだ終わってない注文あったか」

「五番街の軍国食堂さんが包丁作ってほしいって仰《おつしや》ってましたよ。あとご近所のアンズーさんも今度一本見繕ってくれって」

「じゃあ食堂の方から仕上げるか。リサ、炭熾してくれ。材料はストックのやつを使う」

「あい！」

大体の注文はこの時間帯にこなす。離れの鍛冶場《かじば》に移動するとリサは炭箱の蓋《ふた》を開けた。むわっと中から熱気が上がる。使用した炭はすぐに廃棄せずここに保存するようにしている。鉄製の炭箱は蓋《ふた》を閉めれば密封状態になるので前日に使った炭でもこうして熱を保つことができるのだ。

リサは小さなスコップで炭箱から炭を窯《かま》に移していった。そこに未使用の黒い炭や焚《た》き付けの枯れ枝も混ぜ、ふいごで空気を送り込む。古い炭で燻《いぶ》っていた火は新たな燃焼物を見つけて火力を上げていく。たちまち鍛冶場《かじば》には熱がこもり始めた。ふぃー、とリサは手《て》拭《ぬぐ》いで額の汗を拭う。

「ルークー！　準備できましたー！」

ルークが鍛冶場にやって来た。彼は窯の前の横座に腰を下ろすと「ん」と手を差し出す。リサはその手に手鎚と呼ばれるハンマーを載せる。次に長柄《ながえ》のテコ棒、そして材料となる棒状の鉄の塊を次々渡していった。

この鉄の塊は、元々は錆《さび》付いた鋤《すき》や鉈《なた》の刃、釘《くぎ》といった古材だった物だ。これらは周辺の農家や都市の一般家庭を一軒一軒回って譲ってもらった廃材、要は鉄屑《てつくず》である。それらを溶かし、鉄蝋《てつろう》を用いて練り合わせたものが刃物の材料になる。ルークは普段からこの作業を行い幾つもストックを用意してあった。

ルークは柄の長い鉄鋏《てつばさみ》で鉄の棒の端を掴《つか》み、窯の中に通す。一〇〇〇度を超える温度に鉄の棒はどんどん赤く変色し柔らかくなっていく。それを取り出すと専用の台に固定し、鋏《はさみ》で押さえながら手鎚で叩《たた》き始めた。

ここからはリサも作業に参加する。自分の背丈ほどもある長い柄の向鎚《むこうづち》と呼ばれるハンマーを大きく振り被《かぶ》り、赤く変色した鉄棒に叩き下ろす。四方八方に火花が飛び散った。リサが再度向鎚を振り上げている間にルークがかんかんと手鎚で数度打ちつけて形を整える。

向鎚、これがめったやたら重い。リサは足元がふらつかないように大股《おおまた》で足場を固定し、決まった肉体の動きで正確に鉄棒の上に振り下ろす。今でこそ習慣付いているが、この動きを身体《からだ》に覚えさせるのに半年以上かかった。ただでさえ小さな身体をしているのだからその苦労も並ではなかった。

息をつく間もない打撃により、熱せられていた鉄の棒は徐々に細く長く延びていき、だんだんと目的の造形に成ってくる。これが生鉄と呼ばれる包丁《ほうちょう》の身の部分になり、刃の部分には鋼を鉄蝋で練り合わせるのだ。

この後焼き入れや土置き、鍛冶押し、研ぎなどといったいくつもの工程を経《へ》てようやく包丁は出来上がる。

結局昼時を迎える頃《ころ》には一本目が焼き入れを終え、反《そ》りや曲がりの修正、荒研ぎを行う鍛冶押し、切れ味を作る下地研ぎといった作業を残すだけになった。残りの作業は午後に回す。

リサは燃え残った炭を炭箱に移していき、簡単な片付けをしてからルークを振り返った。

「じゃ、お昼にしましょうか！」

2

鍛冶《かじ》作業が一段落すると昼休憩に入る。昼食もふたりきりでの食事——だったのだが。

最近はちょっと違っていた。

「今日もリサの料理は美味《おい》しそうだな。見栄えがいい」

「でへへ」

「………………」

天気の良い日には屋外に卓《つくえ》や椅子《いす》を並べ、日光の下で食事をするようにしている。今日はその日だ。

できるだけ平らな芝生の上に脚を固定し、卓の上には人数分にそれぞれ盛った皿と冷茶を並べた。今日のメニューは小麦を捏《こ》ね上げたパスタを茹《ゆ》で、灰被《はいかぶ》りの森に生《な》っていた木の実をすり潰《つぶ》して和《あ》えたものだ。

陽射《ひざ》しは柔らかく、風は涼やかに肌を撫《な》でる。

卓に着いたのは三人——ルークとリサ、そして。

「なんだルーク。言いたいことがあるのなら率直に言ってくれ」

「帰れ」

「率直過ぎる！」

セシリー・キャンベル。いつものように自衛騎士団の制服姿だ。

先日の遠征以来、正確にはその折の傷が癒《い》えてからだが――昼食の時間になるとセシリーが工房《アトリエ》『リーザ』を訪れるようになった。都市巡回業務の昼休憩を利用して通っているらしく、あまりに足繁《あししげ》く毎日のようにやって来るのでリサは彼女の分の食事も用意するようになっていた。

「だから刀を作ってほしいのなら金を持って来いと何度も言ってるだろうが」

「だから分割後払いでもいいではないかと何度も言っているではないか」

「勝手に複合させるな。この貧乏元貴族が」

「き、キャンベル家を愚弄《ぐろう》するかっ」

「そのキャンベル家とやらはずいぶんとケチ臭いんだな。普段は誇り誇りとうるさいくせに」

「むぐぐ……っ」

セシリーは顔を赤くしてうめいた。

彼女は何もタダ飯をあさりに『リーザ』に足を運んでいるわけではない。ルークに剣を作ってもらうためだ。ルークは刀の材料に高純度の玉鋼を使用するため、作る品も高額になってしまう。セシリーはその費用を捻出《ねんしゅつ》するのに苦労しているようで、だからこうして直接交渉を繰り返しているのだった。しかしルークは頑固に首を縦に振らない。

「大体な」ルークは嘆息交じりに指摘した。「もう代わりの剣、見つけてるじゃないか」

そう、セシリーは腰にしっかりと剣を帯びていた。握り部《グリップ》に拳《こぶし》を保護するための手甲がついた、一般にサーベルと呼称される剣である。

「これは騎士団の知り合いから借り受けた物だ。いずれは返さなければならない」

「へぇ。しかしどうしてまたサーベルなんだ」

「それもちゃんと理由がある。とにかく私は諦《あきら》めないぞっ」

そういうことで交渉の度にセシリーは昼食の相伴に預かっているわけだが、さすがにそれは申し訳ないと思ったのか近頃《ちかごろ》は食材をリサに渡すようになった。今日のメニューであるパスタもセシリーが持って来た物だ。

食事が始まってからもふたりは騒がしい。

「むう、何度言えばわかるのだ。肘《ひじ》をついて物を食べるな。はしたない」

「お前は俺《おれ》の何なんだ……」

「まったく、大人のくせにそのくらいの礼儀も弁《わきま》えていないのか。そもそもルークは一体いくつなんだ？」

「十七」

「なんだ、私の年上なのか」

「セシリーさんはおいくつなんですか？」

「私は十六だ」

「年下か。これから俺のことは『さん』付けで呼べよ」

「戯言《ざれごと》を。反吐《へど》が出るな」

「お前帰れよ本当に」

賑《にぎ》やかな食事は大歓迎だが、このふたりがもう少し仲良くなればもっといいのに。

それだけがリサの悩みだった。


「先日の遠征で捕らえた盗賊一派のことだが」

食事も進んだ頃《ころ》、セシリーが切り出した。

「そのひとりからようやく証言が取れた。あの一派の正体は傭兵《ようへい》崩れの寄せ集めで、即席の集団らしい。首領の男も即席で選ばれた人物、彼自身に特筆すべき経歴は無い」

興味無さげにしていたルークだったが、無視すると噛《か》みつかれるので一応相槌《あいづち》を打つ。

「選ばれた、か。誰《だれ》にだ」

「とある商人だという」

「商人？」

セシリーは頷《うなず》き、

「その商人とやらの素性は一切不明。ただわかっていることはそいつが盗賊一派を集め、首領を選び、人外の獣を貸し与え、それを操作するための薬物も授けた――ということだ」

「首領が悪魔契約を使えたのは？」

「そのことについては他の残党も知らなかったようだ。年齢から言っても代理契約戦争《ヴァルバニル》の経験者では無い。尋問は今後も続けるが、恐らくこれ以上の情報は引き出せないだろう」

「へえ……解せないな、その商人」呟《つぶや》き、ルークはにやりと笑った。「セシリー・キャンベル、お前は悪魔契約のやり方を知っているか」

「？　ルークが自分で言っていたではないか。死言《しごん》を唱えればいいと」

「そうだ。では死言とは何だ？　何処《どこ》に書いてある？」

「……そういう文献があるのではないのか」

「そんなものはない。死言はそこに書いてある」

と言ってルークがフォークを傾けた。その先はセシリーの左胸あたりに向けられていた。

セシリーは己の胸元を見下ろし、はっと頬《ほお》を赤くして両腕で胸を隠した。

「こ、このヘンタイがっ！」

「ち、違う、そういう意味じゃないっ」意図せずヘンタイ呼ばわりされたルークも若干頬《ほお》を染め、言い直した。「死言はそこに書いてあると言ってるんだ」

「そことは何処だ」

「心臓」

思わぬ言葉にセシリーは声を失った。

「死言は人間の心臓に刻まれている。もちろん俺《おれ》にもお前にもある」

理由は未《いま》だに解明されていない。

大陸中に蔓延《まんえん》する霊体。この霊体が作用し、生を受けた人間は等しくその心臓に文言《もんごん》が刻まれる。検証によりそこまでは判明しているが、その文言《もんごん》が何故《なぜ》悪魔契約の引き金となるのかは未《いま》だ明かされてはいない。様々な解釈は存在するがすべて憶測の域を出ていない。

「さらに、死言《しごん》は各個人によって内容が違う」

「内容が違う……？」

「そう。そしてそれは、それが刻まれた本人にしか読むことはできない。俺《おれ》に刻まれた死言は俺にしか読めないし、セシリー・キャンベルに刻まれた死言はセシリー・キャンベルにしか読めない」

「な……」

「だから悪魔契約を執行するためには自分で自分の死言を唱えなければならない。他者の死言を別の人間が使用することはできない。悪魔契約とはあくまで自己意思で自分の肉体を贄《にえ》にするものだ」

「ちょ、ちょっと待て」セシリーは慌《あわ》てて割り込んだ。「死言は心臓に刻まれている？刻まれた本人にしか読むことはできない？　だとしたらあの盗賊の首領はどうやって己の死言を知ったのだ。そうだ、そもそも心臓に刻まれているのならば悪魔契約なんてできるわけが無い」

「それが、代理契約戦争《ヴァルバニル》が悪夢と言われた理由だ」

代理契約戦争と悪魔契約は切り離して話すことはできない。それは両者がそれだけ深く結び付いた事柄だということ。

「悪魔契約が戦力になると判断した当時の国々は、どうにかしてそれを利用できないか研究した。その結果ひとつの結論に至る」

ルークは淡々と語る。自らの胸に、すっと縦に指を走らせた。

「生きたまま人間の胸を切り開けばいい」

ごくり、とセシリーは生唾《なまつば》を飲み込んだ。

「し、死んじゃうじゃないか……」

「そうならないように麻酔すんだよ」青くなった彼女に、ルークは意地悪く笑った。「祈《き》祷《とう》契約による麻酔を施して外科手術を行う。胸を切り開いて心臓を覗《のぞ》き見、そこにある文言を書き写して術後に本人に見せるのさ。読めなくたって文字をなぞる程度なら誰《だれ》にでもできるからな。または術中に鏡越しに見せる。胸の中を」

「ルーク……しょ、食事中なのだが」

「スプラッタは苦手か？　意外にヤワだな。とにかくそういう外科手術を兵士に強要したってわけさ。表向きは『志願』という形を取ってな。当時はお布《ふ》令《れ》を出して公然とやってたらしいぜ。もちろん中には術式が失敗して死ぬ奴《やつ》もいた。民衆からの反発もあった。それでも悪魔契約は執行され続け多くの人間が死んだ。これが代理契約戦争だ」

「……祖父が戦争の経験者だったので、父から概要だけは聞いていたが……あのとき父が言いあぐねていたのはそのためか」

話を聞いていただけで生気を奪われたのか、セシリーは深々とため息をついた。

「ではルーク。貴様が言いたいのは、件《くだん》の商人が盗賊の首領にその外科手術を施したということか」

ルークは頷《うなず》き、

「いよいよその商人がキナ臭いな。よく調べておいた方がいい」

「ああ。貴重な情報をもらった。必ずやそいつを捕まえてみせる」

「………しまえ。……は」

「うん？　何か言ったか」

「いや」

素っ気なく返すルークに、セシリーは眉《まゆ》をひそめた。

ふたりの会話にリサは参加せず傍観していた。殺伐とした話題は苦手だ。だが内容はちゃんと聞いている。ルークの呟《つぶや》いた一言も聞き逃さなかった。

殺してしまえ。そんなことをするやつは。

ひどく冷たい顔をしていた。リサはあえて口出しはしない。その言葉の、表情の意味を知っているから。

「で？　なんで商人Aは盗賊なんて集めたんだ。それもわからなかったのか？」

「いや、その証言は取れている。来月の頭に三番街で『市《いち》』が開かれるのは知っているだろう？」

『市』。三ヶ月に一度、都市で開かれる祭りのことだ。開催される場所は月ごとに異なり、公的農地である七番街を除いて一から六の番街で持ち回りするのが慣例となっている。来月の市は三番街の担当だ。

市の目玉は大通りや広場で行われる競りである。都市の各店舗が持ち寄った目玉商品や外地から流れてきた品々を競売するのだ。都市はただ出入りするだけならば審査などもないので、この時期は外地の人間も市を目的にやって来る。規模としては大きなものだ。

「彼らは多額の報酬《ほうしゅう》と引き換えにこの市を襲撃することを命じられたらしい。ただ市まではまだ期間があるから、その手慰《てなぐさ》みに盗賊まがいのことをしていたようだ。結果としてそれが盗賊一派の存在の露見につながってしまったのだが」

「襲撃の目的は？」

「競売のとある出品物の奪取、が目的だったらしいが肝心のそれが何なのかはまだ知らされていないとのことだ。とりあえず人員を集め、計画の詳細は直前に明かすつもりだったようだな、その商人は」

「とある出品物、ねえ。それはわざわざ徒党組んで襲わなきゃ手に入らない物なのか？」

「わからない。ひとまず今は出品予定のリストを委員会に製作してもらっているところだ。早ければ明日にはできるだろう。我々自衛騎士団が当日までの警備を行う」

セシリーは気難しそうに腕を組んだ。

「幸いにして盗賊一派は事前に捕らえることができたが……第二手がありそうだな。相手は悪魔契約も用いるような輩《やから》だ。手強いだろう」

ふむ、と彼女はひとり頷《うなず》く。

その傍らで。

リサはセシリーの横顔を見つめながら話題とはまったく関係のないことを考えていた。

どうして、と。

どうしてセシリーは――

「訊《き》かないんですか？」

口にしてすぐに後悔したが、もう遅い。セシリーが首を傾《かし》げてこちらを振り返っている。

リサは思い切って繰り返した。

「私たちのこと、どうして訊かないんですか？」

少なくとも気にはなっているはずだ。遠征での出来事。あの発熱する刀のこと。今も悪魔契約についてやけに詳しかったルークのこと。その他にもたくさん。それらの事情に、しかし彼女は踏み込んで来ない。こうして『リーザ』に通うようになってからもずっと、深く追及するようなことはしなかった。

セシリーは少し考える素振りを見せてから、答えた。

「……知りたくないと言えば嘘《うそ》になる。訊《たず》ねてみたいことは多いし、事実何度も訊ねようとした。でも無闇《むやみ》に知ろうとすることは君たちに失礼だと思い直した」

「……」

セシリーは微笑《ほほえ》み、

「少しずつ知っていきたいと思うよ。こうやって係《かか》わっていく中で、君の差し支えない範囲でね。それで構わないかな」

「……ハイ」

リサも柔らかく微笑み返し頷いた。

セシリーがぽんぽんとこちらの頭を軽く撫《な》でてきて、頭の天辺《てっぺん》がくすぐったく感じられた。

3

昼ごはんもあらかた済んだ頃《ころ》。

「あ」

と、セシリーが何やら思い出したように単音を発し、リサの方を振り返った。

「？　どうしたんですか？」

「いや……うーん」

唸《うな》りながら凝視してくる。頭から足の爪先《つまさき》に至るまでまじまじと観察され、リサは変な汗をかいた。な、なんだろう。

「おいルーク！」

「なんだいきなり——ってオイっ？」

「ちょっとこっちに来い」

セシリーはルークの襟元を引っ掴《つか》み、ずるずると向こうに引きずっていった。足を引きずられながらルークは抗議するが彼女は聞く耳持たず猛然と拉致《らち》していく。

リサはぽかんとそれを見ていた。

離れたところでふたりは何やら言い合いを始めている。何を話しているのかはわからない。辛うじて「前に言っただろうが」「なんで俺《おれ》が」というような言葉は聞き取れたが……リサは首を捻《ひね》るばかりだ。

——あのふたり、なんだかんだで仲がいいのかなぁ。

しばらくしてふたりは戻ってきた。ニコニコと笑みを浮かべるセシリーの後ろでは、ルークが非常に不機嫌な顔をしている。

「待たせたな」

「いえ。どうしたんですか？」

「これから街に出るぞ」

「へ？」

ぱちくりと瞬《まばた》きをする。街に出る？

「ルークとセシリーさんが？」

「奴《やつ》と私と君の三人でだ」

「ど、どうして？」

フフフ、とセシリーは怪しく笑う。

「それは着いてからのお楽しみだ」

困惑するリサはルークを見やった。

「いいんですか？　午後は仕事が」

「……まあいいだろう。急ぎの注文でもない」

そっぽを向いたまま低い声で言う。拗《す》ねたような物言いだったが、ルークは確かに「いい」と言った。

——本当にいいのかな……。

なんとなく不安に感じながらも、リサはちょっぴり高鳴る自分の鼓動を誤魔化《ごまか》せなかった。


街に出る、という行為はリサにとって「お遣いに行く」ということと同義だった。

調味料や食料の買出し、注文の品のお届け、鉄屑《てつくず》の回収など。いずれも仕事がらみのことで個人的に出かけることは皆無に等しい。雇い主《ルーク》からはっきりそうしろと言われたわけではないのだけど、なんとなく自分の中でそういうことに制限をかけていた。

だからリサは訊《たず》ねずにはいられなかった。

「これは仕事ですか？　鍛冶《かじ》関係の」

「もちろん違う」微笑《ほほえ》み、セシリーはこちらの手を取った。「肩の力は抜いていい」

そうは言われてもそうそう気持ちを切り替えられない。自分たちの後を無言でついて来るルークが気にかかってしまう。

しかしそんな及び腰の心境も三番街の商店街に着くなり、

「ふわぁ」

興奮に入れ代わった。

来月に市《いち》を控えた独立交易都市三番街は、その準備で賑《にぎ》わっていた。市の準備期間から都市は人の出入りが激しくなる。それを見越して商店街には飲食の出店が開かれ、住宅地でも近所連中で人員を募って路上販売を行い、そこかしこで売り子の声が飛び交っていた。出店や路上販売を呼び水に人が集まり、外地からやってきた客や普段はやって来ない他番街の市民などが多く闊歩《かっぽ》する。性質上、そうでなくても髪の色、肌の色、瞳《ひとみ》の色のそれぞれ異なる様々な人種の集まりやすい都市であったが、今の時期は外地の人間も増えるため特にその傾向が強まっていた。

市を前に、三番街の空気は完全に浮き足立っている。

行き交う群集の人いきれの中、小柄なリサは溺《おぼ》れそうになった。そんなこちらの手をセシリーが力強く引いてくれる。

「すごい人ですね」

「都市が栄えることはいいことだが、さすがにこれでは今後の警備も思いやられるよ」

セシリーは苦笑するように言った。

「それで、一体何処《どこ》に？」

「もう着くよ。……ほら」

人の合間を縫って進んだ先。『物』の商店街の通りに出たリサは目を見張った。

「あ……」

三人の前には一軒の店があった。都市は同じ種類の店舗は同じ通りに並ぶことが多く、リサたちがたどり着いたのもその通りの一角だ。開け放しの扉と鎧戸《よろいど》の開かれた窓から店の中が見え、恐る恐る覗《のぞ》いてみればここは女性向きの洋服屋らしかった。

リサはセシリーを見上げた。セシリーが頷《うなず》く。

「前から思っていたんだ。ひょっとしてリサは、その作業着しか服を持っていないのではないか？」

「は、ハイ。でもこれ三着あるんですよ。着回していて」

「駄目《だめ》だ」セシリーがリサの肩に手を置き、眉尻《まゆじり》を落とした。「女の子がそれではいけない」

「はあ……」

「興味が無いわけじゃないんだろう？　私は知っているぞ」

「あ、あう」

——やっぱり聞かれてたんだ。

『かわいい服……いいなぁ』

確かに憧《あこが》れていた。

自分と同じような背丈の少女がいろいろと着飾る様子に心惹《ひ》かれていた。街に出るとどうしてもそちらに目が行ってしまい、自分があの格好をしたらどうだろうか、あの服を着たら似合うだろうか、こんな服はどうだろうか――と取り止め無く夢想する癖があった。

工房《アトリエ》『リーザ』で働くようになってから、リサは三着の作業着をずっと着回している。三年弱も経《た》っていてさすがに端々にほつれが目立ってきていた。洗うそばから鍛冶作業で汚れてしまうし、ほつれ易《やす》くなっているので何度も縫い直してもいる。言われなくてもボロボロの服であることは百も承知だ。

セシリーはそんな自分を慮《おもんぱか》ってくれ、ここで好きな服を選べと言っているのだ。その申し出はとても嬉《うれ》しいが――

「私……普通の女の子みたいにおしゃれしてもいいんですか？」

セシリーが驚いたようにこちらを見返した。何故《なぜ》そのようなことを訊《たず》ねられたのかわからなかったのだろう、少し戸惑う様子を見せる。しかしすぐに気を取り直して頷《うなず》いてくれた。

「いいに決まっている」

な？と彼女は同意を求めるように背後を振り返った。リサも恐る恐るそちらを見やる。

ふたりの視線に、手持ち無沙汰《ぶさた》に立っていたルークがガしがしと後頭部を掻《か》いた。

「金は出してやるから早く選べ。人込みは嫌いだ」

俺《おれ》は外で待ってる、と続けた。


欲を出してはいけないと自制してはいたがそれなりに妄想もしていて、ああいうのを、こういうのをいつか着てみたいというような希望はいくつもあった。

でも店に足を踏み入れた瞬間に目移りして困ってしまった。自分の知らない服がたくさんある。リサは店内を何度も見回して立ち尽くし、やがてはぐるぐると目を回した。

セシリーが苦笑して手を引いた。

「私と一緒に選ぼう」

彼女は手際よく商品のより抜きを始めた。飾られた衣服の前で腕を組んで考えたり、蝶《ちょう》番《つがい》のついた棚からあれでもないこれでもないと次々と引っ張り出したりして、それらをリサの前に合わせていく。リサはおろおろするばかりでされるがままだ。

「サイズは？」

「あ、え、測ったことなくて」

店員に測ってもらうことになった。試着用の個室で肌着姿に剥《む》かれ、巻き尺で身体《からだ》の隅まで測られていく。巻き尺や店員の指が肌の上を滑っていく感覚がくすぐったくて我慢するのが大変だった。

リサがサイズを測り終わるとセシリーはすでに何着か見繕ってくれていた。初めて着る服なので着方を教えてもらい、再び個室にこもった。

早速着ようとして、リサは手を止めた。肌着姿で渡された服をじっと見つめる。

「……いいんでしょうか」

「ん、何か言ったか？」

個室の入り口は布の仕切りで区切られている。その布越しにセシリーの影が揺らめいた。

「私、こんなこと初めてです」

「そうだろうな。ルークも甲斐性《かいしょう》が無い。まったく、雇うにしてもちゃんと面倒を」

「でも私は雇っていただけているだけで十分なんです。それだけで満足していて」リサはうつむき、「今までこんなことなかったのに、なんだか無理矢理お金を出してもらうみたいなことになっちゃって……だからなんだか申し訳なくて」

「……ルークは多分、わからないだけなんじゃないか？」

え？とリサは顔を上げた。

「確かに今日の買い物は私の提案だが。本当は毎日の昼食のお礼を兼ねて、服代は私が出すつもりだった。でもそう言うとルークは自分が出すと言って聞かなかったよ」

意外な事実だった。ルークが？

「金にうるさい男だと思っていたのに、あっさりと財布の紐《ひも》を解《ほど》いたから少々驚いたよ」

「私も驚きです」

仕切りの向こうから苦笑する声が聞こえた。

「君たちが具体的にどのような関係なのか、私は知らない。だからこれは推測だが……ルークは多分、わからないだけなんじゃないかな。君のような小さな女の子との接し方が」

「……」

「何をすれば君が喜ぶのか、君に対して何をしてあげなければいけないのか――それを知らないだけなんじゃないのか？　人付き合いも薄そうだしな。リサの服に無頓着《むとんちゃく》だったのもそのせいで、女の子は着飾るものだと知っていたらもっと早くにお金を出していたんじゃないかな」

「そう、でしょうか」

「たぶん、あいつは想像以上に不器用な男だよ」

リサは新品の服を見つめ、それを胸にかき抱いた。

「……気のせい、だと思います。今日のもただの気まぐれで」

「リサが言うならそうなのかもしれない」

わからないから、何もしなかった。そういうものだと知っていたら、そうしていた。

――あり得ない。

率直にそう思う。だから期待しない。リサは期待をしない。

閉じ込める。

リサはもそもそと着替えを始めた。その気配を感じたのかセシリーもそれ以上は言わなかった。

「着ました」

仕切りが外から開けられる。セシリーは腕を組んでリサの格好を見下ろし、

「ふむ、なるほど。では次いってみようか」

ストックはたくさんありそうだ。別の服を渡され、リサは再び個室にこもった。

「私があああいうふうに思った根拠を、もうひとつ挙げよう」

お互いの顔が見えない状態になってから、またセシリーが切り出してきた。

「君たちの工房《アトリエ》は『リーザ』という名前だったな？」

何を言われるのか、すぐに察した。リサは小声でハイと答える。

「『リーザ』の綴《つづ》りは『LISA』。そして『リサ』の綴りも『LISA』」少しからかうような声音を込めて。「偶然だろうか？」

「……偶然だと思います」

リサは一言、そう答えた。


何度試着を繰り返したかわからない。

あまりに目まぐるしい数の服を着替えたので、リサは自分でもそれが似合っているのかいちいちわからなかった。最終的にセシリーの選択に委《ゆだ》ねた。

「こ、これ……私にはかわい過ぎませんか……？」

「そんなことはない。よく似合っているよ」

鏡の前に立つ。そこには生まれて初めて見る自分の姿があった。

全体的に身軽な格好だった。裾《すそ》を一箇所で縛ったシャツの上に黒いベストを重ね、襟元をリボンで結んでいる。太股《ふともも》の出たパンツ。腰にベルトポーチを提《さ》げ、足元は革のブーツ。左手にグローブ。何から何まで新調した。ルークから預かった財布からお金を出してのお買い上げである。ありがたや。

いつもと違う格好をしているというそれだけで気恥ずかしく感じる。でもそれ以上に気持ちも高揚している。まるで別の自分に生まれ変わったみたいだった。

店頭で長い時間待ちぼうけしていたルークは、リサの格好を見ても何も言わなかった。やっと来たかという顔をし、「用は済んだだろ。帰るぞ」と促した。その態度にセシリーがきつく抗議したがいつも通りルークに軽くかわされて終わった。

「気に入ったかな」

「ハイ、とても。今日はありがとうございました」

「これからは外出するときはそれを着るといい」

「ハイっ、着ます！」

セシリーも満足したように頷《うなず》く。

「そういえばお仕事は大丈夫だったんですか」

セシリーはいたずらっぽく笑った。

「実は今日は非番だった」

「非番の日にまで制服なのですか」

「もう市《いち》の準備期間に入っているからな。いつ招集がかかるかもわからない」

また明日、とお互いに言い合って別れた。

4

「お金ありがとうございました。この服大事にします」

帰り道、喧騒《けんそう》を抜けて人通りが少なくなってきたところで言ってみた。

隣を歩くルークは「ああ」と言葉少なに答える。

「今日はお仕事どうしますか？」

「明日に回す」

「お夕飯は何にします？」

「なんでもいい」

「えーと、今日はいい天気でしたね」

「そうだな」

「明日もいい天気だといいですね」

「そうだな」

それきり交わす言葉は無く、黙々とふたりは家路に着く。

いつもならそうだった。

「……………」

でも今日のリサはそんないつもと違っていて、初めてのおしゃれに気分が昂《たか》ぶっていて、だから気持ちも前向きで、少しだけ前に――踏み出してみたくなった。

「似合って……ますか？」

顔を真っ赤にしながら。目を伏せながら。息を潜めながら。耳を澄ましながら。激しい動悸《どうき》に押し潰《つぶ》されそうになって胸元に拳《こぶし》を当てながら。

答えを待った。

「……………」

「……………」

「……………」

「……………」

――バカだな私。

リサは苦笑いを浮かべた。何を期待していたんだろう。どうして期待なんかしちゃったんだろう。似合ってるなんてルークがそのようなことを言うはずがないのに。

だって私は――。

ぽん、と。

頭の上に何か載せられた。え？とリサは顔を上げる。自分でも気がつかないうちに涙目になっていたらしく、顔を上げた拍子に雫《しずく》がこぼれた。

下からルークの横顔を見上げる形。

少し、その鼻の頭が赤かった。

「………大事にしろよ」

リサの頭にちょこんと載せられたのは小さな丸帽子《ぼうし》だった。恐らく店の外でリサとセシリーを待っていた間に買ったのだろう。

「暇だったんだ。待っているのが」

言い訳するように、ぶっきらぼうに付け足してきた。

ぽかんとしていたリサは、やがて喉《のど》から絞り出すように囁《ささや》いた。萎《しぼ》み始めていた心は驚くほど温かくなっていて。

「大事に……します」

また泣きそうになって、うつむく。

……期待してはいけないと思うけど。

今だけは素直に喜びたい。

（第2話「少女」了）

The Sacred Blacksmith

第2話――少女

Girl

第3話 Sword——魔剣

1

暗い夜。暗い路地裏。暗いふきだまり。

ひとりの浮浪者が死にかけていた。

独立交易都市は夜間にして生温《なまぬる》い——そういう時期だ。しかしぼろ切れに包《くる》まった彼の身体《からだ》は、冷気に凍えるように小刻みに震えていた。嗄《か》れた喉《のど》が何かを求めるように突き出され、その喉仏は肉厚が無く皮が張り付いて刃物のように尖《とが》っている。ぼろ切れの合わせ目から覗《のぞ》く腕は細く醜く痩《や》せこけ、骨格の角張った肩は痛々しい。

左手。

小指、薬指、中指。計三本の指が抉《えぐ》られたように欠けている。

「…………」

彼は飢えていた。瞳《ひとみ》の色は鈍く濁り、薄汚れた身体は硬い地面に横たえられ、やがてその身体の震えさえも止まり動かなくなる。まだ辛うじて生きている。生きてはいたが、死にかけていた。ゆっくりと生命が朽ちていくのを待つだけ——今彼はそういう状態だった。

市《いち》を目前に控えた都市には、夜間でありながら賑《にぎ》やかな声が木霊《こだま》している。市民や外地人の入り乱れた酒盛りの宴《うたげ》。浮浪者の彼にはそれが遠い国の出来事のように感じられた。自分とは無縁な、別世界の音。

事実、浮浪者を取り巻いている黒い空間は動かない。震えない。揺らめかない。凍りついたように空気はただ彼を覆い、漂っている。それでいて濃厚に死の気配をはらんでいたの、はずだったが。

「…………あ」

ゆらり。凪《な》いでいた空間に風が生まれた。彼は視線を上げる。

頭上に誰《だれ》かが立ち、こちらの顔を覗き込んでいた。闇《やみ》に隠れて表情は見えない。人の形をした黒い影。そのシルエットは安直に死神を思わせた。

死にかけた人間の前に現れた影。加えて彼の意識は朦朧《もうろう》として移ろっている。迎えが来たのだと思うのも当然のことだろう。

「失礼」

失礼とは欠片《かけら》も思っていないような乱暴な手つきで、死神は浮浪者の左手を取った。彼にそれを振り払う気力は無い。持ち上げた手——指の欠けた左手をまじまじと観察し、死神は「くっ」と笑う。

「やっぱりこういうのは経験者だよな。初心者はダメだ。ダメダメだった。勝手に暴れて勝手に見つかって勝手にやられやがった。手の内までさらけ出してよ。だから今度はお前にヨロシクする」

そいつは指先に何かつまんでいた。指の先ほどしかない小さな粒。死神は浮浪者の顎《あご》を鷲掴《わしづか》みにし無理矢理開かせた口内にその粒を放《ほう》り込んだ。彼の喉《のど》にそれを呑《の》み下せるほどの潤いも体力すらもなかったが、

「呑め」

強引に真上を向かせ、耳元で囁《ささや》いてきた。

「呑め。呑め。呑め。呑め。呑め。呑め。呑め。呑め。呑め。呑め。呑め。呑め」

呪《のろ》いのように囁きが繰り返される。朦朧《もうろう》としながら浮浪者の彼は遥《はる》か天井の宵闇《よいやみ》、建物と建物の間に覗《のぞ》く月を見つける。二対の刃を持った月――三日月。いつの間にかふきだまりにも月明かりが差していた。

最後の気力で視線を動かすと、死神の素顔が照らし明かされていた。

瞳《ひとみ》はきらきらと輝き、その口元は空に浮かぶ三日月をそのまま貼《は》り付けたように、美しい弧を描いている。

最高に晴れやかな、子どものように無垢《むく》な笑顔。

「呑め」

浮浪者は知った。こいつは死神ではない。

「呑めよぉ」

悪魔だ。

2

「三番街自衛騎士団団長、ハンニバル・クエイサーである」

独立交易都市ハウスマン三番街、公務役所の一室。

そこは集会用の講堂だった。

各番街の自衛騎士団の団員たちが一堂に会している。決して広いとは言えない施設の中で、一同はひしめき合うようにして壇上を見上げていた。

独立交易都市の公務員である自衛騎士団は、名こそ「騎士」と冠しているが一国の抱えるような騎士団とは性質が違う。仕えるべき王、奉仕すべき国を持たず、内実は「騎士団」というよりは都市を防衛するための、志願制の「自警団」と言った方が近い。団員は腕に覚えのある元傭兵《ようへい》や市民ばかりで貴族などひとりもいない。入団の際にある程度の礼儀作法を叩《たた》き込まれはするがそれも形式的なものに過ぎない。

よって顔ぶれは様々だ。都市で生まれ育った者もいれば外地から移り住み入団した者もいる。市民権さえ持っていれば誰《だれ》にでも入団資格が与えられるので、自衛騎士団は人種も年齢も入り乱れた組織なのだ。

もっとも——そのような中においても、性別については男性がほとんどで女性の存在は希少だった。そもそも自衛騎士団の制服は男性用にデザインされたもので、女性の場合はその細部を自分用にあれこれと改造しなければいけない。別のもので補完したりサイズを合わせて発注したりと色々と手間隙《てまひま》がかかる。つまり女性用を用意する必要も無いほど数が少ないというのが現状なのだ。

三番街自衛騎士団団員、セシリー・キャンベルはその希少な存在のひとりだった。彼女は男性ばかりの空間でひとり、赤い瞳《ひとみ》で壇上に立つ人物に注視していた。

「昨夜の怪死事件について簡単に報告する」

講堂の壇上では三番街自衛騎士団の団長、ハンニバル・クエイサーが報告を行っていた。

ハンニバルは強面《こわもて》の偉丈夫《いじょうふ》だ。禿頭《とくとう》に茶黒の肌。鼻は潰《つぶ》れ頬《ほお》には首元まで至る十字傷。巨大な体躯《たいく》は肥満でなく強固な筋肉によって塗り固められている。普通ならば馬の鞍《くら》に提《さ》げるような大型の剣を何でもないように腰に差し、そうして立ってるだけで威圧的な空気を身にまとっていた。とても六十を越える歳《とし》とは思えない。

彼は野太い声で報告を始めた。

「先日我が三番街の遠征隊が捕獲した盗賊一派のこと、皆も聞き及んでいると思う。彼らが一週間後に開催される市《いち》を襲撃する予定だったことも。捕虜十七名はここ公務役所の地下牢《ろう》に収容していた。昨晩その全員が死亡した」

団員たちに動揺は無い。ここに集められる以前にその情報は聞かされていた。

事件は昨日の日中に起こる。個別の牢に分割して入れられていた盗賊一派は、全員が共通の異変を訴え出した――腹痛、吐き気、眩暈《めまい》。尋常でない顔色と痛がり方にすぐさま医師が呼ばれたが治療の甲斐《かい》無《な》く、計十七名の捕虜は数時間もがき苦しんだ後に最後には身体《から》中の穴という穴から血を噴き出して絶命した。

現場は凄惨《せいさん》な有様だったと言う。無数の死体と血まみれの牢を想像して団員たちは顔をしかめた。セシリーにとっては直接剣を交えた相手である、複雑な思いで唇を噛《か》んだ。

「死亡後、遺体を解剖したところこいつが体内から出てきた」

ハンニバルが掲げたのは透明の小瓶。コルクで蓋《ふた》をされているが中では細長く白い虫が不気味に蠢《うごめ》いている。

「寄生虫の一種だ。こいつが内臓器官を少しずつ食い潰し、体内から徐々に殺していった」

団員のひとりが手を挙げた。

「やはり人為的なものでしょうか？」

「ああ、口封じだな。今さらな観はあるが、見せしめという意味合いもあるかもしれん」

盗賊一派を集めたという『商人』。自衛騎士団はここ数日市に伴う警備とともにその捜索を行っていた。こうして改めて確認するまでも無く、今回の捕虜の集団怪死事件は『商人』による口封じという見解でまとまっている。

「わかっているな、諸君」ハンニバルは嘆息交じりに報告書の紙片を放《ほう》る。紙片は滑るように卓《つくえ》の上から落ちた。「我々はなめられたんだ」

講堂内に緊張が走った。団員たちはすべて漏れなく姿勢を正し背筋を伸ばした。

ハンニバルは部下たちを睥睨《へいげい》し、卓の天板を指先で軽く叩《たた》く。常人ならば「こつこつ」と軽やかに鳴るはずの音がこのときは「ごっごっ」という鈍器で人間の後頭部を小突いたかのような生々しい音を発していた。

「捕虜。言い換えれば我々が残党どもを『保護』していたわけだ。それを皆殺しにされた。これは我々自衛騎士団に対する挑戦状と見て構わない。繰り返すぞ。我々はなめられた」

生唾《なまつば》を飲み込む音が、一斉に講堂に響く。

「市《いち》の警護に当たる人間を増員する。ここにいる者は祭りが終わるまで休みは無いと思え」

剣呑《けんのん》な眼差《まなざ》し。不満を訴える団員はいない。訴えたらその場で撲殺されるからだ。

独立交易都市ハウスマンは自由交易を謳《うた》う都市である。市民権を得るのでなく出入りするだけならば厳密な検問は行われない。特にこの時期は軍国、帝国、群集列国といった他国からの外地人の来訪が多く、それをひとりひとり検《あらた》めるのは不可能な話だ。都市にとっての『警戒態勢』とは市民への呼びかけや警備をする人間の増員を意味する。

「もうひとつ述べておこう。これから想定される事態についてだ。先の盗賊の目的は競売だったという。つまり敵は——市内、それも都市のど真ん中で悪魔契約を実行する可能性が非常に高い。それがどれだけ危険なことか、先日の遠征に参加していた者ならばわかるはずだ」

正にそのひとりであったセシリーは生唾を飲み込んだ。

——あの悪魔が、市内で暴れたとしたら。

思い出すのは氷獣の悪魔。あの雨のような氷柱《つらら》が都市に降り注げば被害は並ではない。

想像して嫌な汗をかいた。

「市内での悪魔戦はできるだけ避けたいが、十分にあり得る事態だ。もちろん入念に対策は検討するが諸君も覚悟しておいてほしい。悪魔戦になれば確実に死者が出る」

ハンニバルは代理契約戦争《ヴァルバニール》の時代を生きた人間だ。その彼が断言するのだから戦争を知らない団員にもその脅威は伝わった。

「競売に出る品物はちょうど今朝方市内に運搬されたばかりだ。それにもそれぞれ人員を配備する。該当者は割り振ってあるので順次知らせる。以上。散れ」

緊張から解き放たれたように、にわかに講堂は騒がしくなった。

セシリーは自分の両頬《りょうほお》を叩いた。相手は悪魔。気合を入れねば。

自分の担当は競売品の単独警備だったが、肝心の対象はまだ知らされていなかった。

「セシリー」

振り返ると偉丈夫《いじょうふ》が背後に立っていた。十字傷の刻まれた頬を凶暴に歪《ゆが》め——笑っているつもりなのだ——、遥《はる》か頭上からこちらを見下ろしてきた。

「クエイサー団長。ご報告お疲れ様でした」

「おう。君の警備対象はこっちだ。案内してやろう」

「え、は、はい。ありがとうございます」

団長自ら？　不思議に思ったが拒む理由は無い。広い歩幅で先に行くハンニバルの背中を小走りに追った。

廊下を歩く道すがら、ハンニバルが訊《たず》ねてきた。

「君が入団してもうすぐ二ヶ月になる。どうだ、そろそろ馴染《なじ》めてきたか？」

「はい、最初の頃《ころ》よりは。しかし毎日が勉強の日々です」

「やはり君は父親に似て真面目《まじめ》だな。いちいち物言いが堅い。もう少し肩の力は抜け」

振り返ったハンニバルが豪快に笑い、ばしばしとこちらの肩を叩《たた》いた。ものすごく痛いのだがセシリーは苦笑いを浮かべて我慢した。

「そ、それで私の任務とは？　競売品の警護だと聞かされていますが」

「おう。そうだそうだ」ハンニバルは頷《うなず》き、「君の警護対象は正確には競売品ではない。いや競りには出されるが、もう競り落とす人間は決まっている」

「……決まっている？」

「そう。誰《だれ》が、どんな値で競り落とすのか予《あらかじ》め決まっているのさ。要は他人に売る気が無い、名前だけを広める人寄せのようなものだ」

そういうものが存在するということは噂《うわさ》には聞いたことがあった。

市《いち》の話題性を高める、宣伝のための競売品。競売には出品されるが、出品者は事前に特定の参加者と申し合わせ、当日の競りで他の参加者が追いつかないほど価格を吊《つ》り上げて落札してもらう。実際は落札価格での取引は行われず、競り落とした者には現品ではなく一定額の報酬《ほうしゅう》が支払われるというシステムだ。こうしたシステムは市を盛り上げることを目的としている、いわば客集めの余興である。

ほとんど詐欺まがいの行為なのでまさかとは思っていたが、本当に存在するとは。セシリーが担当するのはそうした類《たぐい》の品らしい。

「他番街の団長とも話し合い、ある程度狙《ねら》われやすいだろう競売品はリストアップされている。そのひとつを君に任せる。本来は競り落とすことができない商品――狙う対象としては可能性も高い」

思いも寄らない言葉にセシリーは率直に驚いた。「私でよろしいのですか」

「なんだ。自信が無いのか」

「そういうわけではないのですが……」

「先の遠征での働きを評価してのことだ」

あれはルークが。言いかけて飲み込んだ。ルークの希望により報告書には彼の名前は載せていない。あくまで「同行した傭兵《ようへい》の協力により」として詳しい記載を避けた。不本意ではあるが表向きはセシリーの手柄ということになっているのだ。

セシリーは唇を噛《か》んだ。評価と現実の間にあるズレ。悪魔を屠《ほふ》ったのはルークだ。自分は一矢報いることすらできなかった。圧倒的に力が足りなかった。なのに評価を得てしまっている。

それが悔しい。

黙り込む彼女に何かを察したのか、ハンニバルは言った。

「そうでなくてもワシは君を評価している。胸を張れ」

「……はい」

拳《こぶし》を握る。足りていないのならば、足すまで。足踏みも立ち止まりもしない。

――この機会を活《い》かそう。

現実と評価の差異を無くす。そのための努力をしよう。

ふと浮かんだ疑問を、セシリーは口にした。

「どうして私だけなのですか?」

重要度の高い競売品だ。人員が足りないにしてもセシリーひとりでは心許《こころもと》ないのではないか。

「君の警護対象は少数で臨《のぞ》んだ方が目立たないで済む。そういう品だ。さっきは先の働きを評価して、と言ったが理由は他にもある。それは君が女性であるということ」

「……? どういうことですか? 性別に何の関係が」

「会えばわかる。――ここだ」

ふたりが立ち止まったのは、とある一室の前。セシリーは扉のネームプレートを見て目を剥《む》いた。

「市長室っ?」

『市長室』。ふたりのたどり着いた部屋だった。

公務役所は一から六の番街のそれぞれに存在するが――七番街は六番街の役所の担当区域に含まれている――、市長室はその中の三番街公務役所に配備されている。三番街がちょうど独立交易都市の中央に位置しているのがその理由だろう。

「君の警護対象はハウスマン氏の遠縁にあたる方が持ち込んだものだ」

「市長の……」

ハンニバルが岩のような拳で扉をノックした。中から「どうぞ」という声。

「ハンニバル・クエイサーだ。セシリー・キャンベルを連れて来た」

「ご苦労様です。お入りください」

市長室でふたりを出迎えたのは、ひとりの男性だった。セシリーの記憶が正しければ三十代後半のはずなのだがそれよりも相当に若く見える。正装してはいたが、癖っ気のある髪としまらない笑みのせいで幼い印象を受けたためだろう。

男性の名は独立交易都市市長ヒューゴー・ハウスマン。市長は三年周期で市民の投票によって選ばれるが、選抜された者は親族でなくとも等しく「ハウスマン」のファミリーネームを襲名することが義務付けられている。開発当時からの、独立交易都市の基礎を築いたハウスマンに敬意を表しての慣例である。

「独立交易都市公務員三番街自衛騎士団所属、セシリー・キャンベルと申します」

「はじめましてセシリーさん。ヒューゴー・ハウスマンです。今回の任務、よろしくお願いしますね」

ハウスマンと握手を交わしながら、ずいぶんと親しみやすい方だとセシリーは感じた。当然彼のことは知っていたが直接会って話すのは初めてだ。何処《どこ》かおっとりとした態度に緊張感は無くなっていた。

と、そこでセシリーは気付いた。

「こちらの方は？」

ハウスマンの隣には女性が立っていた。セシリーと同じくらいの世代だろうか、ずいぶんと若い。ヒューゴーが女性に目配せすると彼女は頷《うなず》いて手を差し出した。

「あたしはアリア。よろしくね」

「セシリー・キャンベルです」

セシリーは彼女の手を握り返し、その細い感触に驚く。肉が薄く、全体の体型も線が細い。しかしそこにか弱い印象は無く、むしろ形の良い胸を張る様と満面の笑顔に頼もしさを思わせた。

女性の格好はやけに露出が多い。臍《へそ》や太股《ふともも》、二の腕を剥《む》き出《だ》しにした、踊り子のような衣装を恥ずかしげも無くまとっている。形の良い鼻、透き通るような肌、ぱっちりと見開いた瞳《ひとみ》、整った顔立ち――他者と比べるべくも無く美人の部類に入るだろう。前髪は左右に分けて額を出し、艶《つや》のある長髪を肩や背中の上に流していた。

――ひょっとしてこの人が『ハウスマン氏の遠縁にあたる方』だろうか？

話の流れからすればそうなるだろう――服装からでは彼女の職業はよくわからないが。

「早速ですが私の警護対象はどちらに？」

セシリーは市長室を見回した。一見して事務室にあるような調度品の類《たぐい》があるだけでそれらしいものは見当たらない。

セシリーを除く三人が顔を見合わせていた。

「……ハンニバルくん、説明してなかったの？」

「ああ。その方が面白いだろう」

「悪趣味だね、おっちゃん」

ハウスマン、ハンニバル、アリアが口々に言う。

取り残されたセシリーが首を傾《かし》げた。

「あなたが守るのは」アリアが人懐っこい笑顔を浮かべて言った。「あたしだよ」

「え……」

「あー、あー」ハウスマンは恨みがましくハンニバルを見てから、アリアの肩に手を置いた。「セシリーくんにはこの子を守ってもらいます」

「しかし、私の任務は」

「・・・・・・アリアくんは人間じゃないんだ」

思わぬ言葉に虚をつかれた。人間ではない？

セシリーの視線にアリアは親指を立てた。

「あたしは魔剣なの」

3

「で」

呆《あき》れ果てた声。

「それから何がどうなってウチに来ることにつながるんだ？」

時は日中。

場所は独立交易都市七番街、灰被《はいかぶ》りの森のそば。

工房《アトリエ》『リーザ』である。

小さな工房の親方と助手は昼食の真っ最中だった。今日も良い天気である、外に卓《つくえ》と椅《い》子《す》を並べての食事だ。

親方のルーク・エインズワースは行儀悪く卓の上に脚を載せ、仰《の》け反《ぞ》るように椅子の背もたれに寄りかかっている。横の席では彼の助手である少女、リサが料理の盛られた皿を両手に持ち、恨みがましい目で卓上の脚を睨《にら》んでいた。ふたりともひと仕事こなした後なのか作業着が炭に黒く汚れていた。

ルーク、とセシリーは腕を組み胸を張った。

「残念ながら今日はあなたに用は無いんだ」

「まったく残念ではないんだが」

「はっはっは。冗談が過ぎるぞ」

「ヘタレ騎士には日常会話も通じないんだな」

「はっはっは。斬《き》るぞ」

いつも通り始まったふたりのやり取りに、隣でリサがため息をついた。

と。

「もーらい」

「あ」

リサの手の上の皿から、ひょい、と団子状の食べ物をアリアがつまみ取った。穀物をすり潰《つぶ》し一口大に練って焼き上げた物だ。表面には自家製の香辛料が塗ってある。アリアは口の中に放《ほう》り込んでふむふむと噛《か》み応《ごた》えを楽しんでから感想を述べた。

「うわぁ。コレ、霊体が豊富ねえ」

「あ、はい。香辛料に灰被《はいかぶ》りの森で採れた実を混ぜてあります。森の実には霊体がたくさん含まれていますから」

「へぇ、やっぱりこの地域の霊体はすごいのね。体内での吸収率が並じゃない。私たちにとってはありがたいことだね」

えっ、とリサがアリアを振り返った。アリアは「にっ」と笑う。

「あなたは……」

ねえ、とアリアが言い合うセシリーとルークを指し示した。

「あのふたりは恋人同士なの？」

光線が走った。

セシリーが凄《すさ》まじい速度で腰のサーベルを抜き放ち、ルークの喉元《のどもと》に突きつけたのだ。

「今、私の誇りが穢《けが》されようとしている。早く否定しろ」

「全力で否定したいってのはもっともだがもう少しやり方というのがな……んぁ？　なんだこの剣」

喉元に突きつけられたサーベルを見て、ルークが眉《まゆ》をひそめた。

基本的にサーベルには半曲刀や曲刀の物が多いが、セシリーのそれは直刀の剣だった。切っ先《きさき》から三分の一が両刃《りょうば》、残りの剣身が片刃という疑似刃《フォース・エッジ》。身幅は通常の剣よりも狭く、故《ゆえ》に軽い。

よく気が付いた、とセシリーは頷《うなず》き、

「疑似刃は斬るだけでなく刺突《しとつ》にも向いている。片手で扱えるし、使い勝手がいい」

「そうやって利便性に頼っているといつか足元すくわれるぜ」

「余計なお世話だ。前にも言ったがちゃんと選んだ理由があるんだ。……いや、話がそれた」

剣を鞘《さや》に収め、セシリーは仕切り直した。

「改めて紹介しよう。彼女が『魔剣』アリア。今日から市《いち》までの間、私が彼女を警護することになった。これから何かと顔を合わせることもあるだろうから見知っておいてほしい」

「よろひくぅ」

二個三個と皿から指でつまみ取った団子を頬張《ほおば》りながら、アリアが手を振った。

「……今後のことも含めていろいろと問い詰めてやりたい気もするが」ひとまず、とルークはがしがしと後頭部を掻《か》き、「セシリー・キャンベル、その女のどの辺が『魔剣』なんだ？」

「もっともな疑問だ。最初は私も驚いたよ」

アリア、見せてやってくれないか。セシリーが言うとアリアは二つ返事で了承した。

彼女は油と香辛料のついた指を舌で舐《な》め取ってから三人と距離を取る。芝生の上にひとりで立ち、全身の力を抜いて自然体になり、浅く呼吸を繰り返す。

静かな佇《たたず》まい。

アリアはそっと息を吸い、短く言葉を紡いだ。

「眠りを解《ほど》け。真実を掴《つか》め。風をこの手に。――――神を殺せ」

神を殺せ。飛び出した物騒な言葉にルークとリサがはっと表情を凍らせる――その間にも変化は始まっていた。

生まれたのは風。旋風《つむじかぜ》が芝生を揺らし、アリアを中心にとぐろを巻いた。その中で彼女は両腕を広げくるくると回る。単調で単純な動きのように見えてそれは一切の乱れのない、正円の美しい軌道を描き、一種の舞いを思わせた。

螺旋《らせん》状に昇る風はアリアの肢体を包み、覆う。不可視の自然現象はやがて色を帯びた。それは輝かない銀。灰色に近く、だが灰色でない銀。流れる風が変色しアリアの姿を覆い隠す。

風の威力も増していった。頬を愛《め》でる程度だった流れが髪や服の裾《すそ》を揺らすようになり、今では身体《からだ》に圧迫感をもたらすほどの強風と化していた。ルークたちはその身をかばうようにして異変の終わりを待つ。

風は唐突に爆発した。弾《はじ》け飛ぶように拡散し――収束。

辺りは穏やかな風景に戻る。ルークたちは頭をかばっていた腕を下ろし、アリアがいたはずの場所を見やった。

「これは……」

アリアの姿はなかった。彼女と入れ代わるように、一振りの剣が地面に突き刺さっていた。

十字架のようなシルエット。

それは――レイピア。

刺突《しとつ》専用の刀剣だ。セシリーのサーベルと同様、握り《グリップ》にガードがついていたが、その護拳はまるで生きた金属――植物の蔦《つる》のように刃根元《はねもと》や鍔《つば》に絡みついている。スウェプト・ヒルトと呼ばれる、複雑な形状をした柄《つか》だ。

剣身はサーベルよりもさらに細い。柄頭《つかがしら》には先刻の風と同色――輝かない銀――の小さな石がはめ込まれていた。セシリーが歩み寄ってそれを地面から引き抜く。レイピアの刃先は細く鋭く真《ま》っ直《す》ぐに尖《とが》っていた。

十字のフォルムが、神秘的な霊気を放つ。

「二度目の紹介だ。彼女は『魔剣アリア』。人であり剣でもある。そして」

軽く横に振るうと風が起こった。疾風《しっぷう》が芝生の上を走り草の先を刈り取っていく。

「魔剣はそして、風を生む」

草を刈り上げる旋風《つむじかぜ》は、自然現象とも祈祷《きとう》契約による現象とも違っていた。

「魔剣、ねえ」レイピアを見やり、ルークははぁと頷《うなず》く。「なるほどそういう意味か」

この世のほとんどの超常現象は『霊体』と、祈祷契約や悪魔契約といった『契約信仰』の二点で説明がつけられている。

奇跡を起こす祈祷契約と悪魔契約。信心深い人間によっては『神の奇跡』や『精霊の加護』と称《たた》える者もいるが、それらも結局は霊体と触媒の反応現象に過ぎない。歴史上起こったとされる不思議の多くもこの検証によって正体が明らかにされ——悪魔の存在は悪魔契約、名のある宗教家が引き起こした奇跡は祈祷契約といったように——、数多くの工業技術に転用されている。

ではこの『魔剣』——『アリア』とやらはどうか。

魔剣という言葉は創作の伝説上でならいくらでも登場する。定義は曖昧《あいまい》で投げやり、不思議を起こす刃物ならば剣でなくとも魔剣と呼称された。神を断った剣。大地を割った斧。

海を貫いた矢。通常の機能では考えられない、または偶像物に係《かか》わる逸話を持った武器類を総称して人は『魔剣』と呼んだ。

それは神話や想像の産物に過ぎない。類似したものならば作れるだろうが、霊体反応を用いたとして完全に再現することは不可能だろう。

再現も説明も不可能。故《ゆえ》に魔剣は伝説上の空想物――と定義されている。

だが。

「人であり、剣でもある。風を作ることができるが、それは祈祷契約を用いているわけではない。何故《なぜ》なら玉鋼を使用していないから。……考証不能、しかし確かに実在する謎《なぞ》の『魔剣』。なるほど客寄せには悪くない」

魔剣アリア。

霊体という要素を含めても未知の存在なのだ。

「さすがに鍛冶屋《かじや》の職人だな。察しが早い。……アリア、もういいよ。ありがとう」

言うのと同時、レイピアが形を失った。それは砕け散ったのかと見紛《みまが》うような散開。細かい粒子に分解した魔剣はやがて風に溶け、輝かない銀色と化す。渦を巻いて人の身丈ほどの塔を作ると再び散開。するとそこには人の形を得たアリアが立っていた。

ふう、と息をつき、彼女は一同を振り返って笑った。

「ただいまー」

おかえり、とセシリーが苦笑しながら応じた。

「いっそのことその魔剣、もらっちまえば？」

顎《あご》に手を当て何やら思案顔をしていたルークが、セシリーにそう言った。

「常識で考えろ。あなたに剣を打ってもらうより高くつく」

「ま、だろうな。……んで？　そんな貴重な魔剣をお前ひとりで護衛するなんざ、なかなかの英断だと思うが？」

「市《いち》には魔剣が売りに出される、としか公表されていない。詳細は当日にて。まさか魔剣が人間の姿で外を歩いているなど誰《だれ》も考えつかないだろう？　ならば護衛は少ない方が目立たないし、同性の方が何かと都合が良いし気もつく。私が選ばれた理由はそんなところだ」

「いいのかい。そんなにべらべら話してしまって」ルークはニヤニヤと意地悪く笑いながら、「俺《おれ》が吹聴《ふいちょう》しないとも限らない」

ふっ、とセシリーは笑った。

「あなたはそんなことしないさ」

面食らったような顔をしてから、ルークは舌打ちしてそっぽを向いた。

「リサ」

「……あ、は、ハイっ」

セシリーに呼ばれ、アリアをじっと見ていたリサが慌《あわ》てて応《こた》えた。それでも気にかかるのかちらちらと彼女の方を横目で見やっている。

「アリアが街を見たいと言っている。リサも一緒に行かないか？　今日はその件でここに来たんだ」

「え……でも」

「せっかく新しい服を買ったんだ。まだそんなに着てないんだろう？」

着ておいで。

本音を言えば願っても無い申し出だが――。リサが窺《うかが》うようにルークを見ると、彼はしっしっと手を振った。さっさと行けとのお達しだ。

リサは表情を輝かせて頷《うなず》いた。

「準備してきます！」

言うが早いか離れに飛び込んでいく。セシリーは微笑《ほほえ》ましそうに頬《ほお》を緩めた。

「……ねえねえ」

ふてくされたように椅子《いす》に腰掛けているルーク。その袖《そで》をアリアが引っ張った。

「ンだよ」

「あの女の子はあなたとどんな関係？」

「あぁ？　助手だ」

「あんなに小さいのに働いてるの？　鍛冶屋《かじや》って結構重労働だって聞くけど」

「勝手だろうが。お前に関係無い」

「……囲ってるの？」

光線が走った。

セシリーが凄《すさ》まじい速度で腰のサーベルを抜き放ち、ルークの喉元《のどもと》に突きつけたのだ。

「…………俺《おれ》はそんなにも信頼が無いのか？」


セシリーとアリア、そして着替えを終えて居ても立ってもいられないとぴょんぴょん飛び跳ねるリサの三人は揃《そろ》って街へと繰り出していった。

ルークはひとり、その背中を見送る。

──神を殺す、か。

魔剣アリア。

「多分あの女は──」言いかけて、ルークは首を横に振った。考えても詮無《せんな》いと言いたげに。「それよりも……アレだな」

魔剣の名残りのような風が柔らかく前髪を揺らす。陽《ひ》は穏やかに肌を暖め、灰被《はいかぶ》りの森は何事も無くそこにあり、空では大鷲《おおわし》が旋回していた。甲高く響く鳥の鳴き声。

「静かだな……」

取り残されたルークは、ちょっぴり寂しそうだった。

4

独立交易都市三番街。『食』の商店街。

市《いち》を数日後に控えた街並みは相変わらずの賑《にぎ》わいぶりだ。幾つもの通りが交差してできた商店街には出店が軒を連ね、実演販売による焼き立ての肉の香りや油の熱が濃厚に漂う。七番街農地や外地から卸された果物や野菜、穀物、すり下ろしたばかりの果汁飲料、この時期限定の外地特産物など様々な飲食物がこれでもかと言わんばかりに所狭しと通りの両側に並べられていた。食堂は昼も夜も店を開け、普段は酒類を扱わない店も格安で客に振る舞っていた。

市民はもちろんのこと外地人を含め、多くの人々が立ち止まる隙《すき》も無いほど込み入り、食べ歩きに興じていた。

「リサ。はぐれないように手をつないでくれ」

「ハイ！」

「はいはーい、あたしもよろしくっ」

これだけの混雑だ。互いを見失わないよう、三人は手をつないだ。セシリーを左右から挟むようにしてリサとアリアが手をつないでくる。右に小さな手、左に細い手。三人は顔を見合わせてくすくすと笑った。

アリアが実演販売の肉屋を物欲しそうに眺める様子を見て、セシリーは「そういえば」と首を傾《かし》げた。

「魔け……おっと」このような衆人環視の場でおいそれと彼女の正体を口にするわけにはいかない。慌《あわ》てて言い直す。「アリアも人並みに食を欲するのだな」

「あたしは剣であると同時に人でもあるから」ニッコリと唇が弧を描く。「普通の人間が求める栄養とはちょっと違うけど……お腹《なか》は空《す》く。なんでもイケるよ」

「じゃあ好きなモノを食べるといい。遠慮《えんりよ》は要らない」アリアの当面の生活費は経費として市長から十分にいただいている。

「はひっ」網の上で炙《あぶ》られ脂汁《あぶらじる》の迸《ほとばし》る肉を、涎《よだれ》を垂らして見ていたリサがすっとんきょうな声をあげた。「で、でもでも私はお金が」

「それも必要経費さ」

食欲が謙虚の気持ちを上回ったようだ。リサは頰《ほお》を紅潮させてぶんぶん首を縦に振った。野鳥を切りさばいた肉片の串焼《くしや》きを豪快に頰張り、アリアはほくほくと笑顔を浮かべる。リサなどは「ほとばしる！　にくじる！」と涙を流しながら齧《かじ》り付いていた。セシリーはうんうんと頷《うなず》きながら、後で食生活についてルークによく言って聞かせる決意をした。見ていろ甲斐性無《かいしような》しめ。

「ここはいい街だね」

途絶えることのない人波。アリアは目を細め、感慨深げにそう漏らした。はっとするほど大人びた表情をしている——唇の端に肉汁がこびり付いていていまいち格好はつかなかったが。

「治安がいいよね。何処《どこ》を見ても騎士団の人がしっかりと見張っていて、いがみ合う人もいない。何より奴隷の姿が無い……誰《だれ》もが平等で、それでもちゃんと都市は機能している。人が笑っている。いい土地だよ」

「奴隷?」セシリーは驚いて訊《き》き返した。「奴隷など前時代の身分だぞ。そのようなものが今の世にあるわけが」

「あたしはいろんな国を見てきた。この目で、この剣の輝きで」少し悲しげに微笑《ほほえ》む。「そういう国もあったのよ。群集列国に紛れた辺境の国だけどね」

大陸には大きく分けて三つの国が存在する。

軍国、帝国、群集列国。

男女を問わず十歳からの徴兵制度を採用し、徹底した戦闘主義を掲げる『軍国』。とある貴族血統による統一支配、皇帝を据えた『帝国』。そして辺境に複数個存在し現在も小競り合いを続ける小国家の群れ、それを総称しての『群集列国』。

代理契約戦争《ヴァルバニル》の終結によりこのような棲《す》み分けがなされたのだが、実は正確な国の規模や分布図は明らかにされていない。戦後に各国家が結託して招集した大陸法委員会、その決定により大陸地図の発行を禁止し、一般の人々には口伝てや憶測の範疇《はんちゅう》でしか版図《はんと》を知ることができないようにしたためである。大陸の全容を知る者は権力を持った一握りの人間に限られていた。

独立交易都市ハウスマンはこれらの国家の支配から逃れ、他国のような秘密主義では無い、自由に情報や物資の行き交う——正に名前そのままを体現した街の集合体だった。

「あたしは剣だから。今の持ち主にいたるまで、いろんな人の手を渡ってきたの」

はしゃいでいた子どもがアリアの背中にぶつかって尻餅《しりもち》をついた。彼女が大丈夫？と手を貸して立たせてあげると子どもは舌足らずな声でお礼を言って走り去ってしまった。その先には母親とおぼしき女性がいてこちらに頭を下げている。

アリアは親子に手を振った。

「……アリア。君は、その、何歳なのだ？」

「うーん。四十から五十の間くらいかな」

「よん……っ？」

「多分それくらい。あたしが目覚めたのは代理契約戦争《ヴァルバニル》のときなの」

代理契約戦争と聞いてセシリーは眉《まゆ》をひそめた。最近よくその単語を耳にする。偶然だろうか？

「記憶の始まりは代理契約戦争の最中。あたしは戦場の真《ま》っ只中《ただなか》で覚醒《かくせい》した」

「戦場？　どうして」

わからない、とアリアは首を横に振った。そしてリサの頭を、髪を梳《す》くように優しく撫《な》でる。リサは「？」と顔を上げた。

「たとえばこの子の働いているような鍛冶場《かじば》で生まれたわけではなさそうよ。あたしは剣の姿で戦場の大地に突き刺さっていた。何故《なぜ》そこにあったのか、誰《だれ》がそこに運んだのか、何の縁があってそうなったのか、何もかもわからない。ただ唐突にあたしの精神はそこで覚醒した」

「……」

「そしてそこは戦場だったから――知ってる？　代理契約戦争は悪魔同士の戦いが主流だったけど人間同士の戦いもちゃんとあったのよ。あたしが生まれた場所では人間が殺し合っていて、人間たちはこぞってあたしを使い合った」

「こぞって――使い合った？」

「あたしは風を生む魔剣。戦うにはもってこいの武器だった。そのことを知った人間たちが目の色を変えてあたしを奪い合ったの。奪い合って、殺し合ったの。たくさんの人間が死んだよ。あたしという剣に斬《き》られて」

想像してセシリーは息を飲んだ。

想像したのは殺し合ったという人間たち――ではなく、その道具にされたアリアの心。目覚めたばかりの彼女は一体どのような精神状態だったのだろうか。ひょっとすると覚醒直後というのだから生まれたての赤子のように未成熟な心だったのではないだろうか。言うなれば赤ん坊を振り回して人間を叩《たた》き殺すようなものだ。競い合うようにしてアリアは数々の人の手を渡り、そして数々の人の命を奪った。奪わせられた。それが魔剣アリアの始まり。

最悪の目覚め。

言葉を失うセシリーに、アリアはふっと笑った。

「終戦後も群集列国の間では小さな紛争が続いていて、あたしはそこで使われた。その後は帝国に行ったかな。貴族の騎士様の許《もと》に渡ってね、そこではわりかし長い間滞在したなぁ。……安心してね？　今の持ち主は収集家の人で、戦いに使われることはない。ずいぶんと平和で気楽な生活をしているよ。今回もただの見世物だしね」

簡単に語られる過去は、きっと本当に簡単なことしか語られていない。アリアは殺し合いの真《ま》っ只中《ただなか》にあった——大きな戦争が終わった後も。それはもっとずっと凄惨《せいさん》な過去だったはずだ。

アリアはセシリーの顔を覗《のぞ》き込み、首を傾けた。

「魔剣って何なんだろうね？」

「……わからない」

「あたしにもわからない。でも誰《だれ》かを傷つける道具であることには変わりない。それは変えられない現実。あたしは魔剣だから、それは仕方のないこと。……だからセシリーがそんな悲しい顔をしなくていいんだよ。あたしもちょっと話し過ぎちゃったね」

セシリーはうつむいて首を横に振った。

「要するに言いたいのは、この街はすごく良く見えるってこと。素晴らしいよ。セシリーは誇るべきだね、今のお仕事！」

アリアは笑顔で言う。セシリーは上手《うま》く言葉を返せなかった。

捉《とら》えどころの無い女性だと思った。先ほどはあんなにもころころと楽しげに笑い、飄々《ひょうひょう》としていたのに——今は陰りのある微笑《ほほえ》みを浮かべている。

子どものようでもあるし、大人のようでもある。

実際相手は自分の倍以上も生きた人間——いや魔剣で、だからセシリーは彼女にどんな言葉をかければいいのかわからなくて、口ごもるしかなかった。

「アリア、その……」

「ハイっ!!」

脇下《わきのした》からの突然の声にふたりはびくりと肩をすくませた。

見下ろすと、リサが両手で赤く丸い果実を差し出して笑っていた。

「食べましょう！　食は喜びです！」

声は元気だが——その目の端には少し涙がにじんでいる。見た目そのまま、幼い子どもが意地を張って笑っているような顔だった。

ぱちぱちと瞬《まばた》き、セシリーとアリアは顔を見合わせた。

そして同時に笑った。

「うん。食べよう」

「アリア！　食べます！」

宣言したアリアが果実に直接齧《かじ》り付き、それを持っていたリサの手が果汁にまみれた。

リサが悲鳴をあげ、たまらずセシリーは噴き出した。

——リサは本当にいい子だな。

感謝の念を抱きつつ、セシリーはこっそりと心に決めた。

せめて最高の時間を提供しよう。この都市にいる間だけでも、自分は精一杯アリアを楽しませよう。難しいことは抜きにする。だって自分にできることはそれだけだから。

ひとしきり笑い合った後、セシリーは「さぁ行こう」とふたりを促す。手をつないで意気揚々と歩き出すアリアとリサはまるで姉妹のようだった。

ふたりの後について歩きながら……セシリーはそれに気付く。

建物と建物の間にある狭い空間——路地裏の入り口。そこに身を潜めるようにしてひとりの浮浪者がうずくまっていた。黒ずみ、端々のほつれた布切れで身体《からだ》を覆い包んだ男。

——彼は確か。

ルークたちと出会った日、街中で暴れていた浮浪者だ。男は壁にもたれ、虚空を見つめ、呆《ほう》けのように何かをぶつぶつと呟《つぶや》いていた。涎《よだれ》がみっともなく喉元《のどもと》を濡《ぬ》らしている。地面に物同然に投げ出された左手は、変わらずに指が三本欠けていた。

セシリーは前方のふたりを見やる。アリアが何かを言ってリサをからかっていた。

——光と影がある。

アリアは代理契約戦争《ヴァルバニル》の被害者であり、そしてあの浮浪者もまた同じ被害者なのだ。指の欠けた左手は悪魔契約の名残りである。ルークの言っていたことが本当ならば彼も兵士として戦争に利用されすべてを失った——その末路がアレだ。

悪魔契約の経験者は排斥《はいせき》される傾向にある。そこにどのような背景があろうとも「悪魔を生み出した」事実には変わり無い。人々にとっては戦犯に等しく、故《ゆえ》に彼らは迫害を受ける。終戦を迎え数十年が経《た》った今でも。

『何故《なぜ》だ……何故俺《おれ》が、俺ばかりが罰を受ける……何故俺は救われない……』

市《いち》にはこんなにも笑顔と活気が溢《あふ》れているのに、少し注意して見ると簡単にその暗部に気付かされる。この平和な景色の片隅に深く黒いふきだまりがある。

「セシリー？　どうしたの？」

「いや、何でもない。行こう」

セシリーは浮浪者に背を向けて歩き出した。

光と影がある。

私にできることは、何だ？


三人は胃の許す限り食べ歩いた。

魚のあら汁を飲み干し、木の実の砂糖漬けを舌で転がし、果物の搾り汁で喉を潤し、揚げたての芋団子で唇を火傷《やけど》し、鶏肉の卵とじをほおばり——とにかく普段では考えられない量を食い尽くした。商店街をひと通り歩き、噴水のある公共広場にたどり着く頃《ころ》には満腹で動けなくなるほどだった。

中央の噴水を眺める形で設置された長椅子《ながいす》。それに座り込んだセシリーとアリアは食べ過ぎでぐったりとしていた。リサだけが未《いま》だ元気に、小さな器から牛乳の発酵物をスプーンですくって食べ続けている。

広場には彼女らの他にも腰を休める姿が幾人も見られた。涼やかな風が流れ、噴水の雫《しずく》が人々の頬《ほお》で撥《は》ねる。果汁飲料を売る屋台、靴や鍋《なべ》、ナイフなどを扱った露店もあった。

リサはとても幸せそうにクリーム状の食品を舐《な》めていた。

「とろける！　あまい！」

「リサはタフだな……」

微笑《ほほえ》ましさを通り越して畏怖《いふ》すら覚える胃袋に、セシリーはげんなりした。

「そういえばルークは市《いち》に行くのか？　見物に」

「るーく！　いくます！」

「少し落ち着け」

指先で額を突《つつ》くと「うひょ」リサははたと正気を取り戻した。

「あぁ、これは失礼しました。ハイ、ルークも行きますよ。うまうま」

「そうか。じゃありサも楽しみだな」

「私はお留守番です。うまうま」

セシリーはリサの顔をまじまじと見つめた。

留守番。それが当然というような言い草だった。自分でもそのことの不可解さに気付いていない、疑問にも思わない——そういった顔。

「元々私たちは仕事以外で街に赴《おもむ》くことはありませんし、市にもルークは遊びに行くわけではないんですよ」

「……何か出品するのか？　刃物を売るとか」

「いえいえ。工房《アトリエ》『リーザ』は注文を受けてそれを作る、そういうところです。市でお店は開きません。ルークは個人的に競売を見に行くだけです。探し物があるので」

「探し物？」

「————を」

気が緩んでいたから、あまりに気分が高揚していたからリサは口を滑らせてしまったのかもしれない。言葉はするりとこぼれ、彼女はすぐにはっとして「あ、えっと、今の、今のナシ、ナシです！　うまっ、うまうま！　あまくてふしぎ！」とまくし立てた。

セシリーは彼女の言葉を聞き逃さなかった。しかとこの耳にしている。

リサははっきりと、こう口にした。

・・・
神を殺せる剣を、と。

「神……？」

「ちがっ、違うんですよ!?」あせあせとリサは弁解する。「っか、かか、かみかみかみ神様を殺、じゃなくてやっつけられそうなくらい、そのくらいものすごい剣って意味です！　ルークはあれで剣には目が無いんですよッ？」

「そ、そうなのか？」

「ハイそうなんです！」

剣に目が無い……？　それほど執着のある人間には見えないのだが。それにこの慌《あわ》てぶりは何なのだろう。

「なんだかあやしいね」

ぐったりとしていたアリアも身を起こしている。視線を泳がし、リサはあははと誤魔化《ごまか》すように笑うが、それでもふたりが無言でじっと見つめていると。

「………ごめんなさい」

涙ぐんでしまった。

「あ、いや問い詰めるつもりは無かったのだがっ」

「言えないでず……ひぐっ」ぽろぽろと涙の雫《しずく》をこぼし、「ルーグに嫌われるがら……言えな、い、ひっぐ、ごめんなざい……」

アリアの目配せに頷《うなず》き、セシリーは公共広場にあった屋台に走った。そこで目的の物を買い求めて戻る。

「すまなかった、リサ」

屋台で買った果汁飲料を差し出す。器を受け取り、それを一口含んでようやくリサは落ち着いてくれた。うつむき加減に何度も鼻を啜《すす》る。セシリーは指の先で彼女の涙を拭《ぬぐ》った。

リサは少し顔を上げ、弱々しくだが微笑《ほほえ》んだ。

「あまくて……でんごくです」

セシリーたちはほっと息を吐いた。話題を蒸し返すのもやめ、また当たり障りの無いことを話し始める。

ただひとつだけ、セシリーの中で引っかかりが残った。

――神を殺せる剣、か。

それが何を意味しているのか、彼女が知るのはずいぶんと後のことになる。

5

立木《き》に斬り込んでいく。

斬撃《ざんげき》から刺突《しとつ》へ、足の運びに注意しながら次々と剣の型に変化を加える。左の踏み込み、右の踏み込み――打ち込み方に応じて軸足を変え、決められた幾つかの動きの型を何度も繰り返す。しなるサーベルが立木の表面を裂き、削る。己の身丈ほどの高さの立木には似たような傷が無数に刻まれていた。

「朝から精が出るねぇ」

あくび交じりの声にセシリーは動きを止めた。構えを解き、全身の力を抜くように息を吐いてから振り返った。

「アリアか。おはよう」

「おはよー。相変わらず、こんな朝早くによく起きられるね」

庭先にやって来たアリアは、く、と大きく伸びをし、昇りかけの太陽を見上げて目を細めた。

空は白い。

独立交易都市三番街、閑静な居住区の一角。土壁と板張りの家が数多く建ち並び、家々は石造りの塀で仕切られている。その中の質素な一軒家——それがキャンベル家の自宅だった。とても元貴族の家とは思えぬほど民家に溶け込んでいる。

三日が経過していた。

アリアとの共同生活には問題らしい問題も無い。市《いち》の当日まで付きっ切りでの護衛を命じられここ数日は常に寝食を共にしているわけだが、今のところ魔剣を狙《ねら》う輩《やから》に遭遇することは無かった。唯一悩みの種と言えば、

「アリア……今日も私の寝床に入ってきたな」

「うん。だってセシリーは抱き心地がいいから」

「君のための寝台は用意してあるんだぞ」

「いいじゃない。セシリーの胸はあたしの枕《まくら》なのだ」

妙に懐かれているということだ。悪い気はしないがことあるごとにくっついてくるので気恥ずかしいことこの上無い。アリアは今も何ら不思議なことは無いとでも言うように起き抜けの緩い笑みを浮かべている。寝癖が気になるらしく何度も髪を手で撫《な》で付けていた。

嘆息してセシリーは習練を再開した。

小さな庭先で立木相手に剣の習練に勤《いそ》しむのが、セシリーの毎朝の日課である。先に走り込みや体力作りを行い、それからひと通りの剣の型を繰り返す。中には父親から生前に教わった剣技もあった。幼い頃《ころ》から何千回と繰り返し、すでに身体《からだ》に馴染《なじ》んだ動き。それをさらに習熟させるため日課は今も続けている。

大方の行程をこなす頃には全身は汗でびっしょりと濡《ぬ》れていた。そのくせ息はさほど上がっていない。やり過ぎてこの後の騎士団業務に支障が出てはいけないので、最後に刺突《しとつ》の型を確認して切り上げた。

この後は簡単に身体を清め、母や使用人のフィオを交えて朝食を取り、都市の巡回へ赴《おもむ》く。その間もアリアを同行させ警護を兼ねる。そろそろ準備しなければ、とセシリーが額の汗を拭《ぬぐ》ったとき。

「セシリーは前からサーベルを使っていたの?」

アリアが訊《たず》ねた。彼女は石の塀に寄りかかり、ぼうっと様子を見ていた。

「いや、両刃《りょうば》の長剣を使っていたのだが折れてしまってな。代剣としてこのサーベルを使っている」

「どうしてサーベルなの? あの鍛冶屋《かじや》の兄さんにも理由があるとか言ってたけど」

ふむ、とセシリーは頷《うなず》いた。ここは実演してみせるとしよう。

「今の大陸剣術は左に盾、右に剣を持った状態を前提にしている。盾を前に突き出す――

つまり左半身を前に、右半身は後ろに引く形だ。わかるか？」

　実際にその通りの構えを取ると、うんうんとアリアは頷いた。

「これでも剣の端くれだからね」

「ただし剣の種類によってこの構えは変わってくる。特にアリアのようなレイピアはそうだな」

「そうだね。レイピアを使う場合は左じゃなくて」

「右半身が前に来る」

　それは刺突《しとつ》という攻撃の特性故《ゆえ》だった。左半身を後ろに引き、右足を前に出す。剣は前方に突き出すような形で前に構える。通常のそれよりは横向きに特化した姿勢だ。

「刺突の踏み込みはすべて右足から始まる。滑るように突進し、一気に相手の急所を刺す。今までに習った剣術とはまったくタイプの違うものだから、身体に覚えさせるのに苦労するよ」

「じゃあサーベルを選んだ理由は？」

「サーベルだから選んだ、というよりはこれが疑似刃だから選んだというのが本当さ。刺突の訓練をしたかった。もっと突き詰めて言うと右からの踏み込みとすり足の体移動、この二点を覚えたかったんだ」

「それにも理由があるの？」

「ルークの打つ『刀』が、そうした動きを必要とする剣なんだ」

へえ、とアリアは興味を惹《ひ》かれたように呟《つぶや》いた。

「一度ルークの戦いぶりを見たことがあるんだが、奴《やつ》は左ではなく右から踏み込みを行っていた」

先日の遠征での一件。ルークの神懸かり的な動きが今も頭を離れない。特に記憶に残っているのは下半身の動き——右からの踏み込み、足捌《さば》き、すり足。どれも今の大陸剣術には無い型だった。恐らく『刀』という名の剣に必要な剣術があれなのだ。

「私がルークに『刀』を作ってもらう約束をしているのは話したことがあるな？　だからあの動きを、それに近いものを今のうちに覚えておきたい。この剣を選んだのはそういう理由さ」

いきなり刺突《しとつ》専用の武器を使いこなす自信は無い。故《ゆえ》に斬撃《ざんげき》と刺突が兼用できる剣——疑似刃のサーベルを選んだというわけだ。

「ちゃんと考えてるんだね」

「もちろんだ。私は絶対にルークの『刀』を手に入れてみせるっ」

「愛の力だね」

「……アリア。君とは一度真剣に話し合わなければならない」

アリアはくすりと笑い、——見上げた。

都市の上空。灰被《はいかぶ》りの森の遠く向こうに見える、ブレア火山の稜線《りょうせん》を。

都市から眺める沿岸部の火山帯は、火山灰の影響により常に薄い幕がかかり、虚《うつ》ろだ。

まるで蜃気楼《しんきろう》を見ているように気配の薄い景色。火山帯の尾根はぎざぎざに尖《とが》って歪《いびつ》な形状をし、見ていてあまり気色の和《なご》むものではない。

なのにアリアはふとすると火山の方角を見つめていることが多かった。魅せられるというよりは留め金で縫い付けられるように……アリアはじっとそこを見つめる。その様子を傍《はた》から見ていると、なんだか彼女が何処《どこ》か遠い場所に行ってしまう——そんな不吉な予感にセシリーは囚《とら》われた。都市の外や他国どころではない、もっと遠い世界へ。

一度、何故《なぜ》火山を見つめるのか訊《たず》ねたことがある。アリアはそのとき抑揚の無い声で答えてくれた。

『なんとなく、見てる。見なきゃいけない気持ちになるの』

よくわからない返答だった。

「いいなぁ」

ふと、アリアが呟いてこちらを振り返った。

「？　何がだ？」

「その剣」セシリーのサーベルを指差し、「うらやましい」

「悪いが借り物だからやらないぞ」

違うよ、とアリアは苦笑した。

「あたしもその剣みたいに、セシリーに使われてみたいってこと」

「そんなことか。機会があればいくらでも——」

気安く応じようとして、セシリーは言葉を切った。

アリアは薄く微笑《ほほえ》み、

「あたしはあたしを使う人によって虐殺の兵器にだってなれる。でもセシリーはそんなことしないよね。きっとこの街を救うために、誰《だれ》かを守るために使ってくれるよね。それはとても素敵なことだと思うの」

……まただ。また、彼女の笑顔に陰りを見出《みいだ》してしまった。

ここ数日行動を共にし、セシリーはようやくその意味に気付きつつあった。

アリアは——諦《あきら》めているのだ。

「セシリーに使ってもらえたら、きっとあたしの風も素敵な風になる。想像しただけで楽しくなるよ」

魔剣としての自分、過去。それらが重石《おもし》のように固くアリアの足を縛っている。望みを叶《かな》えるということを、諦めてしまっている。

「いつかそんな日が来たらいいね」

……そんな日はきっと来ない。アリアはそう、捨て鉢に考えているのだ。

自分の本当の望みはいつ終わるとも知れない生涯で一度たりとも叶うことはない。魔剣という自分は何処《どこ》までも見せ物で、殺す道具でしかない。血塗られた過去と宿命は死ぬまで付きまとう存在なのだ、という自覚がアリアの笑顔に影を落としているのだ。

そんな笑顔を見たとき、セシリーはアリアをひどく遠くに感じてしまう。どんなに言葉を重ねても彼女には届かない、こうして過去を語ってくれはするけれど本当の意味では心を開いてくれない——一枚の壁越しに話をしているような気分にさせられた。

アリアはふわふわと、捉《とら》えどころが無い。

その思いは今、彼女と出会ってから最も大きく膨れ上がり。

だからセシリーはアリアの手を取った。

びくっ、と彼女の身体《からだ》が震えるのが伝わり、思わず手を離しそうになる。

——駄目《だめ》だ。

今離すのはきっと正しく無い。強く予感し、セシリーはだからもっと強い力でアリアの手を握り、彼女の目を覗《のぞ》き込んだ。アリアの目は怯《おび》えたように揺らいでいた。

「セ、セシリー？」

「君から見れば私などひと回り以上も年齢の違う若輩者で、気休めに過ぎないかもしれないが……私たちは友人になれないだろうか」

アリアの目が見開いた。

「君のことを殺しの道具として見る人間は多かったかもしれない。でも私にとっては違う。今私の目にはひとりの女性が映っている。アリアという女性が」

「……」

「だから、友人にならないか」

『魔剣って何なんだろうね？』

あのときはわからないとしか答えられなかった。

「……いや、これは卑怯《ひきょう》な聞き方だな。言い直そう」セシリーは優しく微笑《ほほえ》みながら、「アリア。私は君の友人になりたい」

魔剣《あたし》って何なんだろうね？

今なら答えられよう。

「君は私の友人になれ」

アリアは困惑げにぱちぱちと瞬《まばた》いていたが、やがてゆっくりと緊張を解いていった。そっとこちらの手を握り返してくる。

「いいの？　あたしなんか友達にしちゃって」

「騎士に二言《にごん》は無い」

「なんだか愛の告白みたいだよ、セシリー」

セシリーは赤面した。アリアはくすりと笑い、そして言った。

「あたしもセシリーに友達になってほしいな。と言うかなりなさいっ」

微笑み、セシリーはいたずらっぽく訊《たず》ねた。

「いいのか？　私など友人にしてしまって」

「剣に二言は無いさ」

「それはまさか愛の告白ではあるまいな？」

とうとうふたりは噴き出し、くすくすと笑い転げた。

――届いてくれたのだろうか。

捉《とら》えどころの無かったアリアを初めて近くに感じる。彼女の笑顔を見た目通りの少女のものに感じる。果たしてこの感覚が自分の幻想でないか、正直自信は無い。ただ気を遣ってくれた――それだけのことなのかもしれない。

そもそもこのやり取りがアリアの境遇を変えるわけではないのだ。血塗られた過去を拭《ぬぐ》い去り、きれいな身体《からだ》にしてくれるわけでもない。彼女が魔剣である事実は何処《どこ》までも変わらない。

しかし――無駄ではない。意味はある。自分の気持ちは確かに届いている。

そうあってほしいと、アリアの温《ぬく》もりを感じながらセシリーは願った。

「あ、そうだっ」

不意にアリアが声をあげ、セシリーから身体を離した。

「いいこと思いついたよ！」

「いいこと？」

「うん！　いいこと！」

アリアは無邪気に笑った。

素敵な笑顔だと、素直に思った。

6

そして独立交易都市ハウスマン三番街は『市《いち》』の日を迎える。

当日を迎え、出店の数はずいぶん増えていた。準備期間から三日間に及ぶ本祭期間までは申請さえすれば一般市民の出店も許される。商店を営んでいない市民もここぞとばかりに即席の店を作り、各々品物を持ち寄って小さな市を開いたり手料理を振る舞ったりしていた。普段から商店を経営している者たちも負けじとこの日まで温めてきた品を展開させた。

市、初日。

三番街は混雑を極めている。

時は日中、場所は大通りの中央広場。

独立交易都市公務役所管理の自然庭園であるそこには、今や多くの人が集まり、そのほとんどが広場中央に据えられた仮設舞台に注目を寄せていた。これからこの場所で市最大の目玉である競売が開かれるのだが、現在はその前座の芸が演じられている。

大陸を流離《さすら》う大道芸人たちが珍妙な化粧と衣装をまとい、長年の旅で鍛え上げた芸を披露する。繰り出される数々の出し物に観客は惜しみない拍手を注いだ。

「ほっ、本当にいいんですか？　私も一緒でっ」

「仕方ないだろ。あの女がお前も連れて行けとうるさいんだ」

観客の中に、ルークとリサもいた。

ルークはいつもの作業着の上から丈の短い外套《がいとう》を羽織っている。リサはセシリーに選んでもらった外出用の服だ。特に大きな荷物は無く腰に小物入れを提《さ》げている。

リサは人の壁を前にしてぴょんぴょん飛び跳ねていた。向こう側、舞台上を見ようと必死なのだ。

「でもルークが迷惑なら私は先に帰っ——あぁっ、見てくださいルーク！　今の芸人さん、すごくないですか!?　わひゃー！　あ、ホント私が邪魔だったら言ってくあ、あ、あーっ！　剣を、剣を飲み込んでるーっ!?」

帰りたくないならそう言えよ……。むっつりとしたルークの呟《つぶや》きは歓声の中に消えた。

前座が終わり、市長の挨拶《あいさつ》が行われ、本命の競売が始まり観客の興奮が頂点に達する。

一品目は市民からの出品だ。第二タタラ工房で製錬された玉鋼——周囲に霊体を凝縮させ障壁を作り出す代物だ。参加者は我こそはと怒号じみた声をあげ、金額はうなぎ上りに釣り上がっていく。中央広場は興奮の坩堝《るつぼ》と化した。

リサも黄色い声をあげて無邪気にはしゃいでいたが——徐々にその肩が落ち、表情から笑顔が消えていった。

思い出したように冷めてしまった。

彼女はうつむいて、ルークに問う。

「……見つかりそうですか」

「さあな。前評判を聞く限り期待はできないが、まぁ見ておく」

「アリアさん」ためらいつつも、リサは続けた。「アリアさんは、どうなんですか」

「ダメだな。同じのが百本くらいあればなんとかなるかもしれんが、あんなのが百本もあってたまるか」

ルークの右目は舞台の上から動かない。市民や外地人が持ち寄った装飾過多な剣を、異国の甲冑《かっちゅう》を、珍種の動物を、次々と出品され競り落とされていく商品をただただ冷めた眼差《まなざ》しで観察していた。

「奴《やつ》は、あの剣では壊せない」

押し殺した声で彼は言う。そこに表立った感情は見出《みいだ》せなかったがリサは知っている。その声と言葉に込められた意味と過去を。

リサはルークの外套《がいとう》の端を掴《つか》んだ。小さな手で、ぎゅっ、と。

ルークは何も言わない。


仮設舞台の両袖《りょうそで》や裏には簡易テントが張られ、そこでは市《いち》の係の人間が忙《せわ》しなく働いていた。出品物の確認、整理整列、該当出品者の呼び出し。また市の実行委員会の仮本部としても機能していた。

防犯のため自衛騎士団も配備されている。テント内はもちろんのこと広場のいたるところで警戒の目を光らせていた。『商人』という人物の情報はあまりに少ない。また市民にはもちろんのこと実行委員会にも彼の存在は伏せられている。競売に出品予定の商人や市民たちに関しても自衛騎士団で独自に洗い直したが成果は無かった。

自衛騎士団は完全に後手に回った状態での警護を強いられ、人々が祭りに酔う一方で、彼らは緊張の面持ちで成り行きを見守っていた。

そのような中――

「……おお、おおおお」

落ち着かない様子でうろうろする騎士がひとり。

セシリー・キャンベルだ。

セシリーもまたこの市を見守る立場であることには違いなかったが、彼女の緊張は他の団員と少し意味合いが異なっていた。彼女には警備の他にもうひとつ仕事がある。

「緊張しないの。大丈夫だって」

アリアがセシリーの肩を叩《たた》く。セシリーは蒼白《そうはく》な顔で彼女を振り返った。

「しかし私はこのような大勢の前に出るのは初めてのことで」

「大したこと無いよ。セシリーはいつもの訓練と同じことをやると思えばそれでいいから。それにもう承諾しちゃったことだし、土壇場でうじうじするのはあなたらしくないよ」

「おう……」

それでも言いたい。何故《なぜ》私なのだ。

魔剣アリア、その所有者は市長ヒューゴー・ハウスマンの遠縁の者だという。本来であれば魔剣の紹介披露は彼女の所有者がやるべきなのだが——その役割はアリアたっての希望でセシリーが負うことになってしまったのだ。アリアの言っていた「いいこと」とはこれのことだ。

『一度でいいから、セシリーにあたしを使ってみてほしいの。駄目《だめ》?』

そう言われてしまえば断れない。が、何分初めての経験である。緊張を禁じ得ない。

「セシリー! もうすぐ出番だなっ」

張り手で背中を叩《たた》かれてセシリーは思い切りむせ返った。今確実に背骨が軋《きし》んだ。涙目になって振り返ると、強面《こわもて》の偉丈夫《いじょうふ》——ハンニバル・クエイサーがニヤニヤした顔で立っていた。

三番街自衛騎士団の団長である彼は、この仮本部に待機し指揮を取っていた。『商人』が仕掛けてくるかもしれない大本命の場所である、抜かりは無い。他団からも人員を借り受け、その各団長らにもそれぞれの番街の警戒に当たってもらっている。

「だ、団長ですか。お疲れ様です」

「お疲れさん。どうだ今の心境は。キャンベル家のメジャーデビューだぞ」

「私の自己紹介はございませんっ」

「何、それは残念だ。乳でかいのに」

「む、胸は関係ないでしょう!?」

「君の母は良い仕事をした。うむ」

「うむではありません！」

セシリーさん、という呼び声に見やるとハンニバルの隣にハウスマン。セシリーは慌《あわ》てて姿勢を正した。

ハウスマンはハンニバルとは対照的に紳士的な物腰でこちらに手を差し出してきた。

「アリアをよろしくお願いします」

「ま、任せてください」

反射的にそう応《こた》え、手を握り返してしまう。元よりそのつもりはなかったのだが、気持ちの上ではいよいよ逃げ場を失ったという気分だ。

こちらの心情を察したのか、ぽん、とアリアが肩に手を置いてきた。

「いいじゃない。ルークも来てるはずなんだし、セシリーの格好いいところ見せてやろうよ。腕とか乳とか」

「胸もルークも関係無い！……市長っ？　何処《どこ》を見ているのですかッ！」

「ど、どどどどど何処も見てないですよっ？」

これだから男というものは！

鼻の下を伸ばしていたハウスマンは、それより、と無理矢理話を変えた。

「ルークとは、あのルーク・エインズワースのことですか？」

「え。ご存知なのですか」

　ジト目だったセシリーは驚いて訊《き》き返した。刃物屋風情のしがない鍛冶屋《かじや》だ。七番街の隅っこでひっそりと店を構えている——そんな工房《アトリエ》の主人の名前が市長の口に上るのはいささか意外だった。

「彼の父親が私の古い友人でしてね。だいぶ前にですがルークにも会ったことがあります。そうですか……セシリーさんは彼と知り合いだったのですね」

「ほう、なかなか面白い情報だなそれは」ハンニバルも隣で頷《うなず》く。「で、ルークの坊主は元気なのか？」

「団長もお知り合いなのですか。……まあ、元気と言えば元気だと思います。恐らくおふたりもご存知の通り無愛想《ぶあいそう》で偏屈な男ですが」

がははと笑うハンニバル。横では「変わってないですねぇ」とハウスマンが微笑《ほほえ》んでいる。工房『リーザ』の名前は思った以上に有名なのかもしれない。

「それより……来るでしょうか。敵は」

「来るだろうな。相手は悪魔契約すら使ってくるような奴《やつ》だ。この大勢いる中で何をしでかすかわからん」

　市《いち》の目玉である競売のために集まった人々の、その中央に悪魔が現れる——。想像してぞっとした。もちろんそのことを想定しての準備もされているが、そうなっては混乱は避けられない。今さらのように嫌な汗が背中を湿らせる。

　セシリーはアリアを振り返った。彼女は三人の会話から取り残され退屈そうに服の端をひらひらさせていた。そう、もしかしたら『商人』の目的は彼女かもしれない。少なくとも可能性のひとつではある。

——守れるだろうか。

市民を守り、外地人を守り、そしてアリアを守る。できるだろうか。もしも悪魔が現れてしまったら、自分はまともに戦えるだろうか。

市の中止、という案ももちろん無かったわけではない。しかしそれは独立交易都市の運営問題として飲み込むわけにはいかなかった。市は都市にとって重要な収入源だ。これを損なうわけにはいかない。

「あまり気負うな、セシリー」

ハンニバルがセシリーの髪をぐしゃぐしゃとかき撫《な》でてきた。あまりの力にセシリーはたたらを踏んだ。

「父親に似てちょっと真面目《まじめ》過ぎるのが難点だな、セシリー・キャンベル。ワシたちひとりひとりがやれることをやるだけだ。君は君のできることだけをやりなさい」

そうでしょうか、と小声で聞き返す。

「そうだ。難しく考えるな。問題はもっと簡単で与《くみ》し易《やす》い。敵が現れる、市民を避難させる、我々がそいつを潰《つぶ》す——ほらもう解決だ」

「団長は単純過ぎます……」

「これくらいでちょうどいいのだよ。そら、もう出番らしいぞ」

セシリーが振り返ると係員が立って待っていた。アリアが「行こう」とこちらに手を差し出す。まだ若干硬いが——微笑《ほほえ》みを浮かべ、その手を取る。

「行って来ます」

腕を組んで頷《うなず》くハンニバル。

しかしハウスマンが、セシリーさん、と呼び止めてきた。

「？　何でしょうか」

「ひとつ。ルークの工房《アトリエ》の名前を、教えていただけないでしょうか」

「……『リーザ』ですが」

そうですかと頷き、ハウスマンは手を振った。

「ありがとうございます。引き止めてすみませんでした。よい演舞披露を期待してますよ」

係員がこちらを急《せ》かしている。セシリーは軽く会釈をしアリアの手を引いた。

その背中を見届けてハウスマンが呟《つぶや》いた声は当然、彼女の耳にするところではなかった。

「本当に彼は何も変わっていない——」

「まだ緊張してる？」

「……ああ」

「そっか。あたしは全然平気なのになぁ」

「アリアはこういう場に慣れているのだな」

「それもあるけど、それだけじゃない。それ以上に嬉《うれ》しいからだよ」

「……」

「あたしはずっと、セシリーみたいな人にあたしを使ってほしかった」アリアはそっとこちらの手を握り、微笑みかけてくる。「短い間だけど、よろしく使ってね」

セシリーは深く深く頷き返した。

「最高の思い出を、君に」

お次はとびっきりの出品、皆さんも耳にしていたことと存じます——魔剣の登場です！

司会者の口上と共に、ふたりは舞台袖《そで》から飛び出した。

——うわ。

仮設の舞台は言うほど立派なものではない。何年も使い古された木組みのもので、それに麻の布を被《かぶ》せて簡易的に体裁を取り繕っていた。高さは人の身丈ほどもない……それでも広場を一望するには十分で、同時にそれは向こうがこちらに注目を寄せるのにも十分な高さという意味で——セシリーは息を飲んで凍りついてしまった。

数千に及ぶ視線はとてつもないほど圧迫的、強迫的だった。出てきたふたりの女性を品定めする、無数の眼差《まなざ》し。目の色も肌の色も髪の色も格好も何もかも違う雑多な群集が一様にこちらを見つめている。それは慣れないセシリーには異常な光景に思え、身体《からだ》がすくみ上がるほどの圧迫をもたらした。

まずい。頭が真っ白だ。この後どうする予定だった？　セシリーは救いを求めてアリアを見ようとして、

「────あぁ」

不意に見つけた。群集の後方に。

──何故《なぜ》だろうな。

これだけの人の中で、あっさりと彼の姿を見つけてしまった。引き寄せられるようにしてセシリーの視線は彼の小馬鹿《こばか》にしたような笑みを捉《とら》える。何故見つけてしまうのだろう。わからないが──とりあえず奴《やつ》の笑みにふつふつと怒りが湧《わ》いたことは確かだ。

ここで失敗でもしようものならあいつは確実にせせら笑うだろう。

──冗談ではない。

ヘタレ騎士などとは言わせないぞ、ルーク・エインズワース。

事前の打ち合わせの通り、セシリーは腰のサーベルを抜き放った。これが魔剣か？と誤解する人々の視線を打ち砕くようにセシリーは剣を舞台に突き刺した。どす、という鈍い音が響き渡る。

司会進行を務める男が口上を続けた。アリアを指し示し、彼女こそが今回の目玉商品、摩訶不思議《まかふしぎ》の魔剣であると紹介する。アリアは聴衆に向けて慇懃《いんぎん》な礼を行った。

彼女が魔剣だ、と言われても人々は戸惑うばかりだ。どよめきが起こる。ではその証拠を──司会の男がアリアに目配せし、彼女はそれに頷《うなず》いて応じる。

「眠《ほど》りを解け。真実を掴《つか》め。風をこの手に。――――神を殺せ」

呪文《じゆもん》と共に旋風《つむじかぜ》の発生。群集から、おお、という歓声があがる。

風は輝かない銀。とぐろを巻いてアリアを覆い隠そうとする。その寸前で、セシリーは彼女の囁《ささや》きを聞いた。

「後は任せたよ――」

セシリーの前で渦巻く風はやがて拡散する。

小さな台風と化していた渦が弾《はじ》け、中から一振りのレイピアが飛び出した。そこへセシリーが飛び込む。滑らかな足運びが風のうねり、その境目を潜《くぐ》り抜け、迅速に彼女をアリアの許《もと》へと届けた。右手で柄《つか》を受け止め、勢いのまま一閃《いっせん》。しなる刀身。その剣戟《けんげき》は風を斬《き》り開いたかのように美しい弧を描き、人々のどよめきを感嘆の声に変えた。

一度観衆に見せ付けるように掲げてから、セシリーはレイピアを胸元に構える。

レイピアは刺突《しとつ》専用の剣だ。斬撃《ざんげき》には適さず、線ではなく点で相手を捉える。だからセシリーはサーベルの扱い方を思い出していた。斬るも突くも可能な武器、そいつで培った訓練を思い起こす。

右半身を前に出し、右手に持った剣を胸の前で構える。そして右足の踏み込みとともに胸元から一直線に前方を突いた。あくまで地面とは平行に。伸びしなった右腕の筋が軋《きし》む。

切《き》っ先《さき》が空間に穴を穿《うが》った。

風を割り開き、槍《やり》のように貫いた。それはセシリー自身が一条の矢の如《ごと》く変化したかのような一撃。風を穿《うが》ち、風を生む。

　レイピアの切っ先《きさき》は刺突《しとつ》の直線上にいた司会者の鼻先で静止した。遅れて彼の前髪がふわりと持ち上がる。魅せるための剣舞はその一撃で十分だった。しん、と静まり返った会場は次の瞬間に怒号のような歓声に包まれたのだ。凍り付いていた司会の男が慌《あわ》てて魔剣アリアの口上を述べた。

「人間が剣へと姿を変える、それだけではありません――」

　司会者の指鳴りに応じて、裏方から分厚い鉄板を持った男が現れた。その男は鉄板の端を手で固定し、身体《からだ》の横に構えてみせた。

　セシリーはひと呼吸をして鉄板の中心を凝視する。視覚のすべてをその一点に集中させ、自分が知覚する世界を限定した。観衆も舞台も司会の男も裏方の男もルークもすべては意識の外。あるのはセシリー、アリア、鉄板。以上。

「頼むぞアリア」

　任せてよ。そう答えるように風がセシリーの髪を揺らした。それが合図だ。先刻の繰り返しのように、セシリーは呼気をひとつ吐き出して刺突。吸い込まれるようにレイピアの切っ先は鉄板の中心に迫り、その最中《さなか》で風をまとった。螺旋《らせん》を描き、輝かない銀の風が小規模の渦状の軌跡を描く。

　鋭利な切っ先が鉄板に衝突し、さらにその一点の接触面で風が鉄を抉《えぐ》る。渦巻くことで生じる急激な摩擦熱が火花を散らした。凄《すさ》まじい衝撃に裏方の男は支え切れず、その手か

ら鉄板が弾《はじ》き飛ばされた。

がらんがらんと耳障りな音を立て、鉄板が舞台上に転がる。どよめく観衆。

司会者が恐る恐る鉄板を持ち上げると――それには極小の穴が貫通していた。そして。

「――――！」

剣を横に薙《な》ぐセシリー。刀身が陽光を弾く。レイピアの刀身にはヒビひとつ無かった。

おおおおお。喝采《かっさい》が起こった。

「御覧の通りこの魔剣は風を生むのです!!」

司会者が今の現象を解説する横で、セシリーはほっと息をついた。

――上手《うま》く、いった。

気を抜いた瞬間に全身に汗が噴き出した。思わず座り込んでしまいそうになる。そんなこちらを労《ねぎら》うように涼しい風が頬《ほお》を撫《な》でてくれた。ありがとうアリア、と呟《つぶや》いて微笑《ほほえ》む。

あとは競り合いが始まり、予定調和の結末を迎えるだけ。自分の役割は終わった。顔を上げるとやはり観衆の遠く後方にルークの頭を見つけた。その横ではリサがぴょんぴょん飛び跳ねながら大きく両手を振っていた。セシリーは小さく手を振り返し、そして。
・・・・・・・・・・そしてようやく気付く。

男がいた。

ルークたちがいる場所よりももっと舞台に近い。観衆のど真ん中で、その男は人垣に揉《も》まれるようにして立っていた。

セシリーは彼のことを知っていた。

『何故《なぜ》だ……何故俺《おれ》が、俺ばかりが罰を受ける……何故俺は救われない……』

悪魔契約の経験者であり、市内で迫害を受けていた浮浪者。

彼は異常なほど眼《まなこ》を見開いてこちらを凝視している。

こちら――セシリーを？　いや違う。

アリアだ。

魔剣を、彼は見ていた。

そして何事か呟《つぶや》き、左手を高々と掲げた。その手は小指、薬指、中指が欠けていて。
・・・人差し指と親指が残っている。
思考が弾《はじ》けた。セシリーは反射的に叫《さけ》んでいる。それは絶叫に等しい咆哮《ほうこう》だ。

「やめろおおおおおおおおおおおおおおおッ」

『魔剣。魔剣。魔剣』

それは幻聴。

『ほしい。ほしい。ほしい』

幻の欲求。しかし男はそのことに気付いていない。ただただ強迫的な思いが脳を犯し、それに従って生かされていた。

『魔剣ほしい。魔剣ほしい』

肩のぶつかった人間がこちらを見て舌打ちする。どうでもいい。異臭を感じて振り返った人間がこちらを見て眉《まゆ》をしかめる。どうでもいい。善意ある人間がこちらを見て声をかけてくる。どうでもいい。どうでもいい。

ただただ魔剣。ただただ欲する。魔剣。ほしい。ほしい。

遠くの壇上で女が剣を突いている。派手な格好をした男がしつこく魔剣魔剣と叫《さけ》んでいる。

あれだ。あれだ。

「ミツケタ」

見つけた――見つけた！

掲げるは左手。呟《つぶや》くは死の言葉。欲するは――魔剣！　魔剣！

「やめろおおおおおおおおおおおおッ」

遅い！　遅い！

7

炎の柱は周囲にいた人々を巻き込みながら天高く立ち昇った。

それは地獄から召喚されたかのような劫火《ごうか》だ。何人もの人間を丸ごと呑《の》み込み、体表をなめ尽くし、瞬《また》く間に炭化させる。半端に身体《からだ》を呑まれた人間も半身《はんしん》を消し飛ばされ絶命した。

一本の、されど太い炎柱。

中央広場の、人波のど真ん中で爆発的に発生したそれは呆気《あっけ》無いほど簡単に恐慌をもたらした。怒号、悲鳴、絶叫。人々は蜘蛛《くも》の子を散らすように我先にと逃げ惑う。波が打ち広がるように炎柱を中心に放射状に駆け出す。転倒した女や子どもを助け起こす手は無く、それを踏み退《の》けてまで人々はただ逃げることに没頭した。自衛騎士団の制止の声をまともに聞き届ける人間は誰《だれ》ひとりとしていない。

人体を根こそぎ焼き尽くす炎柱はしかし、ひとりの男を無傷のまま内包していた。衣服が消し炭となり素肌をさらすそいつは、先刻まで浮浪者だったモノ。その肢体はほとんど皮と骨だけかと見紛《みまが》うほど痩《や》せ細っている。彼は灼熱《しゃくねつ》の炎の中で無造作に左腕を上げた。

指が四本欠けていた。

小指、薬指、中指――そして人差し指が、消失していたのだ。

ひとしきり燃え盛った炎柱は、徐々に小さく萎《しぼ》んでいく。だがそれは鎮火を意味するものではなかった。収縮する火の束は甲冑《かっちゅう》の如《ご》く男の身体にまとわりつき、炙《あぶ》るが如く男の素肌を滑る。火の粉が舞い地面の草を焼き尽くし、炎の靴が足元の石を溶解させた。左右の眼球が無く、空洞の双眸《そうぼう》からごうごうと炎を噴き出す。

炎の鎧《よろい》をまとう、悪魔。

契約は完了した。

「――――。」

火はそいつの開かれた口蓋《こうがい》もなめる。発声に揺られて火の粉が吐き散らかされた。

炎の悪魔は、掲げていた左腕を真横に薙《な》ぎ払った。その腕から燃える刃が放たれ、逃げ遅れた人々の背中に襲いかかる。尋常ではない気配と熱に、振り返った者はすべて残らず絶望に顔を歪《ゆが》ませた。

しかし――炎の凶刃は人々の前で、見えない壁にぶち当たったように弾《はじ》かれた。

騎士団の団員たちが悪魔を包囲していたのだ。鎧をまとった彼らは両手にそれぞれ玉鋼を握り、火打ち石のように叩《たた》き合わせ祈祷文言《きとうもんごん》を唱えている。悪魔が立て続けに右腕を振るって第二の凶刃を放出するが、それも不可視の障壁に阻まれて霧散してしまった。

騎士団が用いたのは無論、祈祷契約だ。彼らの持つ玉鋼は同系統の玉鋼と反応させることで見えない壁を作り出し、衝突した霊体効果を打ち消す相殺《そうさい》作用をもたらす。対悪魔戦を考慮に入れ準備された代物だ。

「諸君は祈祷契約を継続させろ！　血を吐くまでだ！　これ以上の被害の拡大は絶対にならん、避難誘導も忘れるなっ」

包囲の外から指示を飛ばしているのは三番街自衛騎士団団長、ハンニバル・クエイサーである。彼の後ろでは逃げ遅れた人々を他の団員たちが助け起こし、また広場の出口では団員の指揮の下、観衆たちの避難活動が行われていた。

　このような事態は、無論想定内のことだった。市中だったり競売中だったり、またはそれ以外だったり——あらゆる時と場所でのケースが事前検討され、それに対抗する手段が用意されていた。すでに悪魔契約発生時に何人かの命が奪われてしまったが、それをここまでの被害で抑えられたのはその用意があってのことだ。

　炎の悪魔はなおも熱波を繰り出し、騎士団はそれを祈祷契約で打ち消す。実質的な被害はそれで食い止めていたが、団員たちは凄《すさ》まじい熱気で滝のような汗をかいていた。かつ背中は冷たい汗に濡《ぬ》れている。初めて垣間見《かいまみ》る悪魔契約の脅威。炎をまとった悪魔という未体験の相手との戦闘。祈祷契約のタイミングを外せば瞬《また》く間に焼き殺される——それを知っているから、こうして熱気に当てられているだけで彼らは過度な消耗を強いられていた。

　そのような一同を見回し、しかしハンニバルはふてぶてしいほどに凶暴な笑みを浮かべた。団員を押し退《の》けるようにして包囲の中へと入る。

「だ、団長!?　何を」

「会議で話した通りだ」引き止めようとする団員を突き飛ばし、彼は悠々と宣言する。「祈祷契約によって悪魔を包囲。逃げ場所を奪い、そして——ワシが悪魔を潰《つぶ》す」

　ハンニバルは指を鳴らし、

「悪魔と戦うのは久しい。しかも憑依型《ひょうい》ときたものだ。戦争を思い出す……なぁ貴様もそうだろう?」炎の鎧《よろい》をまとう男に語りかけた。「貴様も代理契約戦争《ヴァルバニル》の生き残りなのだろう? ワシもそうだ。同世代同士、仲良くやろうじゃないか」

悪魔は無言で親指のみを残した左腕をこちらに差し向けた。

「――――――――。――。」

およそ他者には理解できない言葉が囁《ささや》かれる。しかしそれが何を意味するのかを知っていたハンニバルは驚愕《きょうがく》に目を剥《む》いた。

「死言《しごん》!? まさかまだ――」

ばす、という気の抜けた音。同時に悪魔の親指が消失――彼はこれで左手のすべての指を失ったことになる。男を覆っていた炎が膨れ上がり、引き千切《ちぎ》られるようにして分離した。切り離された炎の塊は不気味に蠢《うごめ》きながら地面に接地し、そして激しく揺らめきながら奇妙に形を得た。

その炎の塊は、まるで人間が野生の獣のように四《よ》つん這《ば》いになった様である。獣よりも人間の形に近く、それでいながら獣のように地面を這《は》う。炎の悪魔から派生した炎の人獣は、揺らめく鬣《たてがみ》を逆撫《さかな》でながら、偉丈夫《いじょうふ》に対して瞳《ひとみ》の無い頭をもたげた。

信じられん、という顔でハンニバルは呟《つぶや》く。

「悪魔が悪魔を生み出すだと……?」

人獣は疑問に答える口とゆとりを持たなかった。四肢で地面を掻《か》き、虫のように奇怪に、異常な速度でにじり寄ってきた。おのれ、とハンニバルは腰元の大剣を抜き放つ。人獣の眉間《みけん》に叩《たた》きつけるようにして振り下ろされた大幅の刀身は、しかし切り裂くのでなく通り抜けるだけに終わった。

剣で火を殺すことはできない。大剣は炎で構成された人獣の身体《からだ》をすり抜け、一切の手応《てごた》えを返さなかった。加えて振り切られた剣はその刀身が溶解し鉄屑《てつくず》と化す。

「厄介だなこいつはッ」

ハンニバルは眉間に皺《しわ》を寄せ後退した。そしてその脇《わき》を。

「！　しまっ――」

その脇を本体である、炎の鎧をまとった悪魔が駆け抜けていった。燃える尾をたなびかせ、悪魔は騎士団の壁に向けて突進。それを追おうとしたハンニバルは、だが人獣に行く手を阻まれてしまう。

一方悪魔はほとんど滑走するような勢いで騎士団の包囲に迫り来る。その先にいた団員は恐怖に表情を歪《ゆが》ませ、おぼつかない手つきで玉鋼を打ち、舌足らずな口調で文言《もんごん》を唱え、不器用ながらも障壁を構成した。悪魔はそれに頭から衝突。

鉄を鎚で打ったかのような金音。

そして硝子《がらす》が砕け散ったかのような、それは崩壊音。

悪魔の頭突きが祈祷《きとう》契約の障壁を破ったのだ。団員の手にしていた玉鋼は粉々に破砕され、次いで障壁の穴から噴き出た熱波が団員の肉体を焼き殺した。断末魔の悲鳴。炎の矢の如《ごと》く悪魔は彼の胸元に飛び込み、鎧《よろい》を貫き溶かす。腹や胸が内臓ごと消し炭と化し、残った四肢と頭部が発火しながら無残に地面を転がった。

悪魔の猛進は止《とど》まるところを知らず、一直線に仮設舞台へと向かう。その線上にいた団員たちは成す術も無く焼かれて弾《はじ》き飛ばされていった。

炎の悪魔の向かう先に、もはや障害は無い。

セシリー・キャンベルは、そこにいた。


セシリーはすべてを見ていた。

茫然《ぼうぜん》と立ち尽くして阿鼻叫喚《あびきょうかん》の地獄絵図をその目で目撃していた。

悪魔と対峙《たいじ》するのは初めての経験ではない。つい最近氷獣の悪魔と相見えたばかりだ。だから大丈夫だと思っていた。今後悪魔と向かい合うことがあろうとも自分は大丈夫、少なくとも一矢報いるくらいのことはしてみせる。そのための習練も日々怠らなかった。

——甘かった。

こちらへと接近してくる炎の悪魔を前にし、セシリーは独りごちた。考えが甘かった。

これは一度経験したから大丈夫などという次元の話ではない。

脅威は脅威。

圧倒的な暴力で、理不尽にこちらを奪いに来る。

そこに慣れなどという概念は通用しないのだ。

「魔剣を守れ、そいつの目的は魔剣だッ!!」

ハンニバルの怒号が鼓膜を射抜き、セシリーはびくんと震えた。手元のレイピアを見下ろす。魔剣アリア。彼女を守る。

セシリーは皮を切り裂くほどの力で唇を噛《か》んだ。そう、自分の仕事は彼女を守ること。それだけは見失ってはいけない。魔剣を左手に持ち替えると、舞台上に刺しっ放しだったサーベルを右手に取り、再び悪魔と向き直った。

火塊《かかい》の悪魔はすでに目前にまで迫っていた。

彼の走り方は人間そのままだ。左右の腕と脚を奇妙に規則的に振り、炎を撒《ま》き散らしながら疾駆してくる。顔面に穿《うが》たれた三つの空洞——眼球を失った眼窩《がんか》、○の形に開かれた口——から火を噴き出す様は正に悪魔そのものだった。

さながら怪談話に登場するような化け物だ。セシリーは恐怖にすくむ己を、吼《ほ》えることで鼓舞し、剣を振り被《かぶ》った。

悪魔は跳躍し、こちらに右腕を伸ばす。セシリーは頬《ほお》に熱を感じた。悪魔の腕はサーベルの刃が到達するより早く、セシリーの服を肌を焦がし、やがて触れる——

「ダメっ!」

セシリーは真横から突き飛ばされた。時同じくしてすぐ脇《わき》を炎の塊が通過する。間一髪、左肩を炙《あぶ》られはしたが直撃は無かった。受け身も取れず身体《からだ》を投げ出されたセシリーは、脇腹《わきばら》に抱きついてきた人物に目を見張った。

「リサ⁉」

セシリーにしがみついていた少女——リサはがばりと起き上がり、ぺたぺたとセシリーの身体《からだ》に触れてきた。彼女の制服は端々が焦げて穴が空《あ》き、その下の肌は軽度の火傷《やけど》を負ってはいたが、大きな外傷は見られなかった。リサはほっと息を吐いた。

「どうして君が」

「逃げてください！」リサはセシリーの言葉を遮《さえぎ》った。「殺されてしまうっ」

強烈な熱源を頬《ほお》に感じる。すぐそばに炎の悪魔が立っていた。裸の背中をこちらに向け、呼吸するように火の鎧《よろい》を揺らしている。すべての指を無くし掌《てのひら》と甲だけとなった左手、その逆の右手には——剣があった。

レイピアだ。リサに突き飛ばされた際に取り落としていたのだ。

アリア、というセシリーの呼び声に風が応《こた》えた。ただしそれは熱を伴う風。産毛をちりちりと焦がして吹きすさび、悪魔を囲う鎧を渦上にとぐろを巻く柱に変換させた。伝染する火が剣を丸ごと覆い、悪魔と剣をつないで一体化を果たす。

悪魔は魔剣を手にしたのだ。

「アリア！　アリア！」

何度呼んでも返ってくるのは熱風だけ。炎に包まれたレイピアは沈黙している。セシリーは立ち上がってサーベルを構えた。が、その刀身は半《なか》ば以上が融解し消失していた——

先ほどの接触のときにやられたらしい。剣を打ち捨てて前に出ようとするのを、リサが腰に抱きついて引き止めた。

「離せっ、リ――」

不意に動き出した悪魔が、レイピアで前方の空間を貫いた。貫かれた空間は爆発、次の瞬間には炎の濁流を噴出する。熱源の塊がうねりを上げて広場の中央を呑《の》み込み、目も開けられぬほどの鋭い閃光《せんこう》が弾《はじ》けた――再度爆発。そこにいた何人もの騎士たちの肉体が一瞬にして蒸発した。

広場の中央には抉《えぐ》られたような渦状の穴が残された。

「あ、ぁ……」

それだけで、消し飛んだ。

たった数秒の出来事で、セシリーを突き動かしていた衝動は跡形も無く消し飛んだ。彼女は震え、悪魔がこちらを振り返るのを見ているしかない。悪魔はレイピアを腰だめに構えた。撫《な》でるように肌を焦がす熱風。

来る。あの炎の濁流がこの至近距離で放たれる。

無慈悲に奪おうとする悪魔と、動きの麻痺《まひ》した女騎士。

両者の間に割り入ったのは小さな少女だった。

リサは腰の小物入れから石を取り出す。形の整えられていないゴツゴツとした石――玉鋼だ。それを左手に握り、右手はベルトに吊《つ》るしていた手鎚を抜き取っている。

「目を閉じてっ」

リサが玉鋼を手鎚で叩《たた》いた瞬間、辺り一面が白光に塗り潰《つぶ》された。玉鋼に衝撃を与えることで生じる霊体反応。霊体の爆発とも言えるその現象は広場全体を眩《まばゆ》い光で貫き、その場にいたすべての者の視界を奪った。

「――――。」

悪魔も例外ではなかった。白光の中で彼は動きを止め、数秒の静止状態を強いられる。

そして白光の消失。世界は元の色を取り戻すが――

「――――。」

悪魔の前から、騎士と少女の姿が失《う》せていた。

ただ砕けた玉鋼の破片だけが舞台上に転がっていた。


「人間のような視覚器官を持たない悪魔は、空間に漂う霊体の揺らめきで物体を認識します。霊体爆発を引き起こすことでその認識を狂わせれば、あのようにわずかな時間ですが動きを止めることができるんです」

手を引かれ、人のいない街中を走りながら、セシリーはリサの声を聞いていた。意味はほとんど理解できず右から左へと頭を通り抜けてしまう。

避難させられたのだろう、街に人の気配は無い。遠くで人の声がするのはわかったがここ中央広場近辺は奇妙な静寂に包まれていた。人間だけが消え失せてしまったかのように閑散としている。果物のぶちまけられた地面を、ふたりの足音が忙しく叩いた。

「何処《どこ》に、行くんだ」

「逃げるんです。あの悪魔には敵《かな》わない。少なくともセシリーさんには何もできません」

「アリアはどうなる」

リサは答えなかった。それが答えだった。

「――っ？　セシリーさんっ」

「だめ、だ」

アリアを助けなければ。自分だけ逃げるわけにはいかない。立ち止まり、手を振り払おうとする。しかしリサは頑《かたく》なに離そうとはしなかった。

「あなたに何ができるんですか⁉」

セシリーは凍りついた。

あの悪魔に対し、セシリー・キャンベルに何ができるのか。考えるまでも無い――あっさりとそう考えて飲み込んでしまいそうになる。まったくもって不甲斐《ふがい》無《な》い。

「何か……何かできないのか？」

「何もできないな」

声の闖入《ちんにゅう》に、セシリーとリサは同時に振り返った。

そこでリサを待っていたらしいルークが、商店の壁にもたれて立っていた。何処か不機嫌な表情をしていた。

「お前じゃあの悪魔には歯が立たない。無駄死にするだけだ」

「しかし」

「それに魔剣は悪魔の手に渡ってしまった。なおさら敵《かな》わない」

「しかし」

「あそこにはハンニバルのおっさんがいるんだろ？　だったらあの筋肉ジジイに任せればいい。あのジジイは殺したって死なない」

しかし、しかし――。セシリーは無駄だと知りつつ繰り返すしかなかった。敵わないことはわかっている。クエイサー団長が頼りになることも知っている。だがしかしそれで自分はいいのか？　何もしないで尻尾《しっぽ》を巻いて逃げていていいのか？

葛藤《かっとう》は、先日の遠征のときの再現だった。氷獣の悪魔に挑む前に抱いたそれと同種のもの。あのときは果敢に立ち向かうことで矜持《きょうじ》を保っていられた。だが今回はどうだ。また同じ悩みでセシリー・キャンベルは動けないでいる。

立ち尽くすセシリーに、ルークはただ肩をすくめた。

「リサ」

ハイ、と抑揚の無い声でリサが応《こた》える。

「俺《おれ》の許可無く玉鋼を使ったな」

「……すみません」

「あ、あれはっ」セシリーは慌《あわ》ててリサをかばった。「あれは私を助けるために」

ルークは取り合わず、

「二度は無い。今度同じことしたら放《ほう》り出すぞ」

「……ハイ」

うなだれるリサを見下ろし、さて、とルークは軽い口調で言った。

「じゃあ帰るか」

セシリーは信じられない思いでルークを見た。

「なんだ」こちらの視線を、ルークは忌々《いまいま》しそうに見返した。「俺は一般市民だぜ。むしろ積極的に避難させてほしいな、騎士殿」

「それは、そうだが……」

ルークの言っていることは妥当だ。何も間違っていない。……だが納得はできない。

彼は氷獣の悪魔を打ち破るほどの実力を持っている。ならばあの炎の悪魔にも対抗できるのではないか。この状況を打開できるのではないか。

だがルークは何もせずに帰ると言う。救えるものがあるかもしれないのに、その力を放棄すると言う。セシリーには信じがたいことだった。

行くぞ、とルークがリサを促す。リサはこちらを気にしながらも従い、背中を向けた。

「アリアは私の友人なのだ！」

セシリーは叫《さけ》んでいた。

「アリアは魔剣としての自分にずっと苦しんでいて……諦《あきら》めている。自分は『こういうもの』だと見限り、諦めてしまっている！　でも諦めたからと言ってこれ以上心が傷つかないなんてことはないんだっ。昔も今も、あの悪魔に使われている今なお、アリアはずっと苦しんでいる。人を殺《あや》める自分に傷ついている！　私はアリアの友人だ。でも私は無力なんだ。何もできないんだ。だから、だからルーク、あなたに助けてほしい！　協力し――」

「お前の無力を俺《おれ》に押し付けるな」

セシリーは瞳《ひとみ》を見開いた。

無力。その言葉を鍵《かぎ》に脳裏を映像が駆け巡った。

陰るアリアの微笑《ほほえ》み。迫害される浮浪者。炎に巻き込まれる人々。襲いかかる悪魔たち。いずれもセシリーの手に余り、何もできなかった。救いたいという想《おも》いは強い。けれどその想いを叶《かな》える力を持たない。望んでばかりで誰《だれ》ひとり救えなかった。

情けない。これでは逝《い》った父に顔向けできない。うつむき、拳《こぶし》を握った。この拳も救いには至らない。騎士として、キャンベル家の当主として都市を守るには足りない。

無力。無力。無力。

力を持たない自分は、結局アリアに届くことも彼女の友人でい続けることもできなかった。

何処《どこ》までも無力――

「…………ああ、もううんざりだ」


とうとう悔しさは頂点に達し。

とうとうセシリーは――ぶち切れた。

誰かに頼ることしかできないセシリー・キャンベル自身に対して殺意が爆発する。

「私は無力さ」

「私は、無力、だから」

――だから。

きっ、と顔を上げ、足早にルークの前に回り込んだ。ルークが疎《うと》ましげに右目を細める。

彼の視線を受け止め、セシリーは――おもむろに両膝を地につき、身体を前に折り、額を硬い地面に押し当てた。

「なっ……」

どうせ無力ならばすべてを捨てろ。

騎士としての、人としての、女としての誇りも何もかもを捨てて乞《こ》え。

「頼む。力を貸してくれ」

はしたなく成り下がれ。

「ルーク・エインズワース。あなたが望むモノをすべて捧《ささ》げる。金を求めるなら墓場に入るまで支払い続けよう。身体《からだ》を求めるなら好きにしてくれていい。労働を求めるなら馬車馬のようにあなたのために働こう。すべてを捧《ささ》げる。だから」

そうやって捨てることでできることを、今するのだ。セシリーは顔を上げた。

「力を、貸してくれ」

ルークはぽかんと口を開けて彼女を見下ろしていた。理解や常識を超えた存在を前にして茫然自失《ぼうぜんじしつ》するように──ほとんど慄《おのの》いていた。

「お前はもう、何だ……変態の領域だな」

「私からもお願いします！」

弾《はじ》けるように言ったのはリサだった。ルークの腕にすがりつき、今まで堪《こら》えていたのか堰《せき》を切ったようにまくし立てた。

「ルークはアリアさんを救うことができる。あの人を救うことができるんです。お願いします、セシリーさんに力を貸してあげてくださいッ！　ルークだって気付いているんでしょう!?　アリアさんは魔剣なんかじゃないって！」

え、とセシリーは思わず身体《からだ》を起こした。アリアが魔剣ではない？

リサは涙目でこちらを振り返り、頷《うなず》く。

「アリアさんは魔剣ではありません。魔剣なんてものはこの世に存在しない」

やっぱりか、とルークは嘆息した。困惑しているのはセシリーだけのようだった。

「ど、どういうことだ？　魔剣でないとしたらアリアは」

「悪魔」種明かしをするようにルークが言った。「あの女は魔剣でなく、悪魔なのさ」

セシリーは言葉も無い。

「アリアさんは戦場で生まれたと仰《おっしゃ》っていました」リサが言う。「だとしたら答えはひとつ。アリアさんは代理契約戦争《ヴァルバニル》という舞台で、人の血肉を得て召喚された悪魔。悪魔にも様々な種類、形があります。彼女はひと振りの剣に姿を変えられるというただそれだけの悪魔です。恐らくアリアさんを作り出した人は契約時に死亡してしまったのでしょう」

魔剣という代物はやはり伝説上のモノに過ぎない。それよりも悪魔と断言する方が遥《はる》かに説得力は増す。

「く、詳しいことはわからないが……悪魔は何十年も形を保っていられるものなのか？」

「可能です。悪魔の身体を構成するのは契約時に得られる人間の肉と——そして霊体。この霊体さえ定期的に摂取すれば悪魔は生き続けることができます」

霊体を摂取。ピンと来るものがあった。アリアはリサの料理を食べたとき「霊体が豊富」と口にしていた。悪魔にとって霊体こそが栄養源であり、それを摂取するために彼女は積極的に食事をしていたのだ。それこそ人間のように。

「作られた経緯はご存知無いようですが、少なくともアリアさんは自分が悪魔であることに気付いています。悪魔であることが知られては破壊されてしまうため、今まで『魔剣』と偽って生きてきた」

『魔剣って何なんだろうね？』

アリアは、悪魔なのだ。

ルーク、とリサは己の主人を見上げた。

「人型の悪魔は存在の定義が曖昧《あいまい》です。人間のように生活することも、人間のように思考することもできるけれど、でもやっぱり根本的なところで人間とは違う。人間と悪魔の差異が、どんなときでも頭の片隅にある。自分という存在に疑問を抱き、何故《なぜ》生きるのか、どうやってこの大陸に溶け込んでいくべきか――生き方に迷う。アリアさんは今も苦しんでいます」

そう、アリアは苦しんでいる。今もきっと。

人殺しの道具として生まれた自分を、彼女は受け入れていない。受け入れられないからこそ、あのような陰のある微笑《ほほえ》みを浮かべていたのだ。今回は見世物で済むから良かった、そう言っていたのに――結局今も、悪魔に使われ人間を皆殺しにするという皮肉な状況に陥っている。

人の形を得、人のように思考する悪魔。そんな矛盾した存在。彼女を捉《とら》えどころの無いように感じたのもそこに原因があるのかもしれない。

「私はアリアさんの痛みが理解できる」リサは胸に手を当てる。「だから私は、このままアリアさんとお別れしたくない。できることなら今のあの人を助けてあげたい。お願いルーク。私の一生に一度のわがままをどうか聞き届けてください」

目の端に涙を浮かべ、でも瞬《まばた》きもせず大きな瞳《ひとみ》でリサはルークの目を覗《のぞ》き込む。

ルークは何故か苦虫を噛《か》み潰《つぶ》したような顔をしていた。リサの真摯《しんし》な眼差《まなざ》し、それを見つめ返すのには苦痛を伴う――そういった苦しげな表情だった。やがてふいと顔を背ける。

「……その目で、俺《おれ》を見るな」

言われ、はっとしたようにリサはうつむいた。しかし続く「……わかったよ」という言葉に再び顔を上げた。

セシリーもその身を乗り出した。

「今、なんて⁉」

「ああ、わかったよ！　やればいいんだろう、やれば！」がしがしと苛立《いらだ》たしく髪をかきむしり、ルークは吐き捨てるように言った。「いまはっきりとわかった。俺はお前らが大っ嫌いだ。これは気まぐれだ、二度とないと思えッ」

「それで構わない。ありがとうルーク……」

「お前はもう黙れ。口を開くな。それといい加減に立て。目障りなんだよ」

ぶつくさ言いながら乱暴な手つきでセシリーを立たせ、ルークはリサを振り返る。リサはにじむ涙を拭《ぬぐ》い、ぺこりと頭を下げた。

「玉鋼はあと幾つある」

「ひとつです。もうひとつは先ほど使ってしまいましたから……でもルークならきっと大丈夫です」

「黙れ。これ以上イラつかせるな。……最後のひとつか。あぁ忌々《いまいま》しい、くそったれが！　玉鋼と柄《つか》を出せ！」

「ハイ！」

リサが小物入れから取り出したのは、遠征のときにも見た『剣身のない柄《つか》』だった。鍔《つば》から先にあるはずの剣身――いや刀身が無い。リサはそれともうひとつ、掌《てのひら》大の石――玉鋼をルークに渡す。

何が始まる？　見守るだけだったセシリーにルークが言った。

「そういえばお前、直接は見てなかったんだな。特別に見せてやる、あの刀の作り方を」

あの刀。セシリーはすぐに察した。「あの刀」とは氷獣の悪魔を切り伏せた、発熱する剣のことだ。その作り方を見せる――？

離れていろ、とルークはセシリーの身体《からだ》を押し退《の》ける。彼の隣ではリサが自然体で立ち尽くし、瞼《まぶた》を閉じていた。

ルークは宣言した。

「鍛錬《たんれん》を開始する」

それが始まりの呪文《じゅもん》。

リサが左目を見開いた。右目は閉ざしたままで、限界まで左の瞼が開かれる。そこから眼球が飛び出さんばかりに突き出された。まるで別の生物のように左の眼球は瞼の中でぎゅるぎゅると回り蠢《うごめ》き、やがて中空の一点を凝視して固定された。

セシリーは危うく出かけた悲鳴を飲み込んだ。リサの身体に何か悪いものが乗り移ってしまったのではないかと思うほど――それは異様な光景だった。

リサの、蠢く左眼球が見つめる空間。

そこに——黒い炎球が発生した。

「これは……！」

セシリーには見覚えがあった。熱を発せず、揺らめき、黒い火の粉を飛ばし、覗《のぞ》き込んでいるだけで引きずり込まれてしまいそうになる——強烈な引力を持った巨大な炎球。それはあの遠征時に目撃したものだ。あのときは背を向けていたし努めて訊《たず》ねようともしなかったので何のための物体なのかはわからずじまいだったが。

ルークは刀身の無い柄を手に、

「何を——!?」

腕ごとそれを黒い炎球に突っ込んだ。水面に挿入するかのように炎球はルークの右腕を二の腕まで呑《の》み込んでしまった。次いで彼は左手で玉鋼を中に放《ほう》り込む。

ルークの右目からは正気の色が失われ、さらにその口はぶつぶつと何かを呟《つぶや》き始めた。

「水減《ミズベシ》し。小割《コワリ》。選別《センベツ》。積み重ね《ツミカサネ》。鍛錬《タンレン》。折り返し《オリカエシ》。折り返し《オリカエシ》。折り返し《オリカエシ》。折り返し《オリカエシ》。折《オリ》り返し《カエシ》。折り返し《オリカエシ》。——心鉄成形《シンカネセイケイ》。皮鉄成形《カワカネセイケイ》。造り込み《ツクリコミ》。素延べ《スノベ》。鋒造り《キッサキヅクリ》。火造り《ヒヅクリ》。荒仕《アラシ》上げ《アゲ》。土置き《ツチオキ》。赤め《アカメ》。焼き入れ《ヤキイレ》。鍛冶押し《カジオシ》。下地研ぎ《シタジトギ》——備水砥《ビンスイド》、改正砥《カイセイド》、中名倉砥《チユウナグラド》、細《コマ》名倉砥《ナグラド》、内曇地砥《ウチグモリジド》。仕上研ぎ《シアゲトギ》——砕き地艶《クダキジツヤ》、拭い《ヌグイ》、刃取り《ハトリ》、磨き《ミガキ》、帽子なるめ《ボウシナルメ》」

これにも聞き覚えがある。契約のための祈祷文言《きとうもんごん》とは異なる、単語の羅列。ルークはよどみ無く唱えた。この間わずか数秒。そして。

「――柄収め《ツカオサメ》」

ルークの右目が色を取り戻した。炎球から腕が抜き放たれる。炎球は弾《はじ》けて消失した。

現れたのは『刀』。

柄の先に、数秒前までは無かったはずの抜き身の剣ができていた。片刃である。その刀身は緩やかな反《そ》りを描き、表面に波打つような刃文が走っている。ルークが『刀』と呼ぶ、彼らと出会うきっかけにもなった特殊な種類の剣だ。

刀は陽光を眩《まばゆ》く弾いた。ルークがそれを振るうと強烈な突風が巻き起こる。それは魔剣アリアが引き起こす旋風《つむじかぜ》と似た現象だった。よくよく見れば刀の表面をくるくると風が吹き回っている。

「前の剣と……違う」

「あの刀じゃアレは倒せない。風には風で対抗する」

はっとセシリーは思い出す。リサは!?

「？　どうしました？」

いつものリサがそこにいた。彼女の左目は不気味に蠢《うごめ》いたりせず、何事も無く瞬《まばた》きを繰り返している。セシリーは目を瞬《しばた》かせた。私は幻覚でも見たのか？

いや見間違いなどではない。それはまるで悪魔でも乗り移ったかのようで――。

『私はアリアさんの痛みが理解できる』

『私……普通の女の子みたいにおしゃれしてもいいんですか？』

『リサは動物と話ができるんだよ。便利だろ』

『歳《とし》ですか？　多分三歳くらいです』

唐突に、閃《ひらめ》いた。

「り、リサ……もしかして君も」

やっぱりばれちゃいますよね――。リサは悲しげに笑い、認めた。

「私も悪魔です」

セシリーは絶句するしかなかった。

「悪いがその話は後だ。時間が無い」ルークが割り込んできた。「説明するぞ、セシリー・キャンベル。この刀は俺《おれ》の鍛錬《たんれん》経験をなぞることで精製される。俺が過去に打った刀をそのまま再現する仕組みだ。再現できる回数は一本につき一度だけ。材料には高純度の玉鋼を要する。そしてこの方法で鍛錬された刀は多量の霊体を含み、様々な効果が付与される。前回は『発熱』、今回は『風』というようにな」

セシリーの視線にリサが頷《うなず》く。

「この鍛錬の再現術が、私の悪魔としての能力です。あの炎球はルークの過去や経験をなぞり、簡易的な炉の働きをする役割を持っています」

矢継ぎ早に放たれる説明にセシリーは混乱しそうだったが、なんとか理解に努める。

「問題はこれからだ。この方法で作られた刀は非常に脆《もろ》い。高濃度の霊体を含むため、素材である玉鋼の許容限界を超えやすいんだ。遠征のときのことを思い出せばわかるだろう」

確かにあのときの刀はたった二太刀《たち》で砕けてしまった。

「もって三太刀。これがこの刀の限界だ」

「……それであの悪魔を倒せるのか？」

「まず倒せないだろうな」断言し、「だからお前の力が必要になる。セシリー・キャンベル」

セシリーははっと胸を突かれた。ルークは真《ま》っ直《す》ぐにこちらを見つめてくる。

できるか？と問うているのだ。

「俺《おれ》はあくまで力を貸すだけ。最後の一手を決めるのはお前だ。できるかセシリー・キャンベル」

それは愚問である。

できようができまいが、この状況で突きつけられた要求を撥《は》ね退《の》けるに足る理由は存在しない。

できるできないではない、

「やる」

のだ。

ごう、という音が辺りに響き渡った。遠く中央広場から渦巻く炎柱が立ち上ったのだ。

柱は天を衝《つ》き上空の雲を貫く。灼熱《しゃくねつ》の劫火《ごうか》が独立交易都市三番街の街並みを、遠く離れているはずの三人の顔を赤く照らした。熱は、この距離でも肌に感じられる。

すべてを焼き尽くす熱風。今なお猛威は衰えない。これから挑むのはそんな相手だ。

「機会は一度だけ、失敗すればお前は死ぬ。それでもいいんだな？」

「くどい！」

愚問はもうたくさんだ。セシリー・キャンベルは高らかに宣言する。このときの彼女に無力を嘆く弱さは無い。あるのは信念を全うする気概のみ。

「騎士に二言《にごん》は無いッ!!」

8

中央広場は壊滅状態に陥っていた。

騎士団の布陣はもはや崩壊したも同然である。半身《はんしん》を消し飛ばされた者、全身を炭化され絶命した者、砕かれた騎士団の証《あかし》、へし折れた剣——無傷で立っている者は数えるほどで、大地にも無数の穴が穿《うが》たれ仮設舞台などは完全に消し炭と化していた。市民の憩いの場である中央広場は今や跡地としか呼べない。

炎の鎧《よろい》をまとう悪魔は、試し斬《ぎ》りでもするようにレイピアを突いて滅多やたらに熱風の衝撃波を放っていた。崩壊は今や広場の外にも広がっている。

そして炎の人獣もまた縦横無尽に広場を駆け巡っていた。鎧の悪魔のように甚大な被害を及ぼす存在ではなかったものの、そいつは広場中に火を打ち放ち、さらに火勢を強めた。

広場のいたるところで可燃物が燃え上がりこのままでは市街地に飛び火するのは時間の問題だった。

二体の悪魔は蹂躙《じゅうりん》の限りを尽くしている。ただし後者に関しては外敵があった。

それはこの場において唯一戦闘を続ける男、ハンニバル・クエイサーだ。

大剣を失った彼は驚くことに徒手空拳《くうけん》で人獣と張り合っていた。直接拳《こぶし》を叩《たた》き込むのではなく——そうすれば瞬《またた》く間に彼の拳は焼き爛《ただ》れていただろう——、恐るべき膂力《りょりょく》でもって地面を殴り砕き、それにより生じた破片を投石することで人獣が外へと飛び出すのを食い止めていたのだ。その体躯《たいく》からは想像もつかないような素早い体捌《さば》きで人獣の突進を避け続けている。人獣を討つ決定打にはならないがこうでもして時間を稼ぐ必要が彼にはあった。


——相性が悪い。

ハンニバルは冷静に分析する。

岩をも砕く鉄拳には自分でも自信がある。これを頼りに代理契約戦争《ヴァルバニル》を生き残り、何十年も都市を守り抜いてきたのだ。ここでくたばるようなタマではない。

だが残念ながらこの拳では二体の悪魔は倒せない。相手の本体は炎であり、触れる先から炭化を引き起こすような悪魔だ。物理的な攻撃では傷つけられようはずも無い。

だからハンニバルはこうして時間を稼ぎ、待っている。

他番街の団長たちを。

この異変に彼らは気付いているはずだ。彼らならまだ対抗する手段はある。ならば自分にできることは援軍が来るまで被害の拡大を防ぐこと、この広場に悪魔たちを引き止めること——それだけだ。

——ワシはまだ死なんぞ。

この程度の修羅場は何度も渡ってきている。殺されはしない。

「しかしワシも衰えたものだな……」

たかがこれしきの運動量で息が上がってしまうとは。いやはや情けない。歳《とし》には勝てないというのは本当なのだな。苦笑交じりに嘆息した、そのときだった。

「よく聞けハンニバルの糞《くそ》ジジイ———!!」

この生意気な声は。一発でその主に思い当たりハンニバルはにんまりと笑った。

——ルークの坊主か!

見やれば広場の端。そこを駆けるセシリー・キャンベル、そしてルーク・エインズワースの姿。ルークはこちらを指差して吼《ほ》えてくる。

「その気色悪い獣をそこで食い止めろッ」

言われるまでも無い。疲労は吹き飛んだ。むしろ感情が高揚し嬉々《きき》とさえしながらハンニバルは足元の地面を蹴《け》り砕いた。

この背中、貴様に任せるぞ！

どちらに転ぶにせよ決着は一瞬で着く。ルークが言うにはそういうことだった。

——ならば私はその一瞬を掴《つか》み取ってみせる。

低い体勢でルークは疾駆し、セシリーはその背中を追う。ふたりは一直線にそこを目指して突進していった。

広場の中央。燃える鎧《よろい》の悪魔は緩慢な動きでふたりを振り返る。その右手には魔剣アリア。奴《やつ》はゆったりとそれを腰だめに構えた。

——返してもらうぞ。

私の大切な友人を！

悪魔が突き出したレイピアから、炎の濁流が放たれる。劫火《ごうか》と暴風の入り混じった奔流《ほんりゅう》。

それは大地を削り取りながら渦巻き、圧倒的な暴力としてふたりに襲いかかる。

「伏せろ！」

先頭を行くルークの構えは、左寄りの上段。踏み込みは右。刀は正面ではなく左斜め上から振り下ろされ、次いですくい上げられるように上昇。霊体効果を付与された刀身は太刀《たち》筋通りの衝撃波を起こす。足元から斜め上前方に発生した衝撃波は炎の濁流と衝突し、その軌道を直進から斜め上へと変えた。凄《すさ》まじい熱波はしかしセシリーたちの頭上すれすれを通過し、その先にあった背の高い建物を崩落させるに終わる。

ルークの足は止まらない。セシリーも遅れずにそれに続く。

「次──来るぞっ」

第二波。今度はより強大な濁流だ。迫る端から毛先をちりちりと焦がす。対するルークの体勢は脇構《わきがま》え。左脇位置に水平に構えた刀を横一閃《いっせん》に薙《な》ぎ払う──その軌道をならい、横一文字の衝撃波が射出。先刻同様、悪魔の熱波は横へと矛先をずらされた。しかし完全な回避には至らず、それは先頭にいたルークの右腕表面を焼きながら通り過ぎていった。

「ルーク!?」

「大事無《ね》え!」

二発の奔流《ほんりゅう》をやり過ごした向こう側。

そこには炎の鎧《よろい》をまとう悪魔がいた。

まだ間合いとしては遠い。刃を届かせるにはもう十数歩が必要だ──普通の剣ならば。

ルークの刀は普通ではない。だから、

「足りるッ!!」

届く。

構えは上段。やはり右から踏み込み、振り被《かぶ》った剣を真下に振り下ろすという基本の太刀《たち》筋。それで十二分。三度目の剣は『受け流す』ためではなく『斬《き》る』ためのモノ。剣は届く。風は届く。

真空の衝撃波が大地を斬り開き。

そして悪魔の右腕を炎の鎧ごと斬り飛ばした。

「────。─。───。」

　悪魔の口から悲鳴のように炎のつぶてが噴き出される。同時、ルークの刀が耐用限界を迎えて砕け散った。だが期待通りの仕事を果たしたと言える。

　あとはお前の仕事だセシリー・キャンベル──。

「承知」

　ルークの背後から飛び出していたセシリーは、脇目も振らずに斬り飛ばされた悪魔の腕目掛けて走る。宙を舞う腕。その手にはレイピアが握られ、切り離されてなおその表面を灼熱《しゃくねつ》の炎《ひ》が覆っていた。一歩一歩の接近に肌を焼かれる感覚は増し、生存本能が警鐘を鳴らして退けと彼女に告げる。冗談ではない。退いてなるものか。守る。救う。セシリーの口から、喉《のど》の奥から獣じみた咆哮《ほうこう》が迸《ほとばし》った。

　セシリーは手を伸ばす。予《あらかじ》め彼女の手には幾重にも布が巻かれていたが、それは悪魔の腕を覆う火に触れた途端に灰と消える。稼げたのは数瞬。されど数瞬。彼女は稼いだわずかな時間で到達していた。

「アリア！」

　風が応《こた》える。

　風をまとうレイピアは炎を弾《はじ》き、悪魔の指の拘束《こうそく》を脱し、己を縛るすべてを排除する。

　風の調べと共に吸い込まれるようにしてセシリーの手に納まった。

が。

「ぐ――っ！」

焼ける音。

今の今までレイピアは悪魔の手にあった。あれだけの高熱源に長い時間触れていたのだ、当然剣そのものが熱を持ち、柄《つか》を握り込むセシリーの掌《てのひら》をも容赦無く焼いた。掌の皮膚《ひふ》は焼け爛《ただ》れ、煙すら噴く。途方も無い痛みに大粒の涙がこぼれる。凄《すさ》まじい痛覚がセシリー・キャンベルの信念を打ち砕かんとする。

この手を、離してしまいそうになる。

「――――おおおおおおおおおおおおおおおおおおおおお!!」

雄叫《おたけ》びはその邪念を吹き飛ばすため。人体の反射反応を無理矢理ねじ伏せ、セシリーはより強い握力でグリップを握り込んで離さない。離さない！　彼女の意志を魔剣は反映した。全方位から烈風が吹きすさび、セシリーの身体《からだ》を支えてくれる。踏ん張る脚を押さえ、震える手元を風の鎖が縛り付けてくれる。セシリーは今や魔剣アリアとの一体化を果たしていた。

そのようなふたりに立ちはだかるは人獣の悪魔。燃え盛る鬣《たてがみ》を逆立て、猛烈な勢いで突進してくる。その後方には追い抜かれ振り切られたハンニバルの鬼の形相《ぎょうそう》がある。セシリーの背後でルークが舌打ちした。

「あのジジイ、しくじりやがった！」

「大事、無いっ!!」

吼《ほ》え、セシリーは刺突《しとつ》の構えを取る。右半身を前にし、剣を胸の前に。型は先刻の舞台剣舞で見せたものと同様。ルークがそうしていたように力強く右足を踏み込み、前方へと一直線に、地面とは平行に刺突を行う。伸びしなる右腕の筋肉がぎしりと軋《きし》む。切っ先《きさき》は正確な平行線を描いて人獣の眉間《みけん》に突き刺さった。

線ではなく点で相手を捉《とら》えるのがレイピア。無論これでは足りない。

「解き放て！」

刀身から輝かない銀の風が膨れ上がった。

無数の風の刃が放射状に展開――それは人獣の燃える体内で爆散する。人獣の身体は細切れに分解。粉々に砕かれた悪魔に、もはや炎の身体を維持するだけの再生能力は無い。炎を繋《つな》ぎ直すための霊体はアリアの烈風によって切り裂かれ霧散する。人獣の悪魔はただの火のつぶてと化して――消滅した。

この間も熱を保持した剣はセシリーの手を焼いている。脂汗が全身を湿らせる。だがセシリーは不快ではない。火照る肌をアリアの風が涼やかに撫《な》でてくれていたし、そしてこの痛みはアリアの抱える痛みそのもの。

セシリーは今、アリアと同じ痛みを共有しているのだ。

――それを誇りに思う。

傷が残るとしても構わない。そのことを憂う理由は何処《どこ》にもありはしない。

残る相手は一体。向き直るセシリーの先には、炎の鎧《よろい》の悪魔がいる。右の二の腕から先を無くし、左手の指をすべて無くし、裸の肢体、眼球も頭髪も無くしてしまった容貌《ようぼう》でこちらを見つめる。彼は指を無くした左腕を突き出し、この至近距離で熱波を放出してきた。同時、セシリーの刺突《しとつ》したレイピアから怒涛《どとう》の勢いで爆風が放たれている。

炎と風の衝突。爆裂。彼らの周囲の大地がめくれ上がる。

炎と風の圧《お》し合いは拮抗《きっこう》を生んだ。これに屈した方が敗北する。セシリーは右半身を前にした状態で踏ん張り、レイピアを突き出し続ける。しかし悪魔の火炎は衰える気配が無く、なおも猛威を振るった。

歯が欠けるほどの強さで口元を食い縛り、セシリーは揺るぎない眼差《まなざ》しで言った。

「アリア。彼を救うぞ」

『彼を救う方法――ですか？』

広場に向かう道すがらに訊《たず》ねた内容に、リサは驚いたように訊《き》き返してきた。あえて詳しい事情は説明しない。無言で頷《うなず》くこちらに彼女は悲しげに目を伏せる。

『残念ながらそれは……不可能です。あれは悪魔の中でも特殊な存在なのです。通常、召喚された悪魔は単体で行動しますが、彼が生み出したのは憑依《ひょうい》型の悪魔。血肉を捧《ささ》げてもなお自らの残った身体《からだ》を差し出して憑依させ、支配権をすべて明け渡す――そういった契約です。取り憑《つ》かせた時点で人間の精神は崩壊します。肉体への負荷も尋常ではありません。彼は、もう――』

ならば少しだけでいい。一瞬だけでいいから彼の正気を取り戻すことはできるか？

『それならば方法は無いことも無いですが……』

「彼の素性はわからない。かの戦争でどのような罪を犯し、どのような罰を受けてきたのか、戦争を体験していない私には理解しようも無い。それを救うなどおこがましい、私の偽善でしかない。――それでも！　宣言、するっ！」

セシリーは叫《さけ》ぶ。

「私はこの目に映るすべてを救う。この手が届くのならば伸ばし続ける。届かないのならば腕を千切《ちぎ》ってでも届かせる。何処《どこ》までも理想を掲げて全部叶《かな》えてみせるッ」

もう二度と自分の無力さを嘆いたりはしない。あくまでセシリー・キャンベルは理想のままにあり続ける。

光と影がある――いいだろう。

影があるのならば、それを照らして染めてやる。

セシリーの口から裂帛《れっぱく》の気合いが迸《ほとばし》った。

「鎧《よろい》を砕け!!」

輝かない銀が――輝く！

それは急激な発光現象。純白にも似た輝きが柄頭《つかがしら》の石から刀身へ、そして風の隅々まで行き渡る。輝く銀はやがてセシリーの身体《からだ》を、悪魔の炎や身体さえも包んでしまう。

銀に輝く風。そして驚くほど優しい調べ。風は浸食するように炎の奔流《ほんりゅう》を呑《の》み込んでいき、突破した。炎の鎧《よろい》は男の肉体から剥《は》がれ落ちるように千切《ちぎ》れ、砕けていく。細切れになった火はまるで灰のように黒ずみ、崩壊し、この世から消失した。銀の風はそれすらも優しく取り込み、とうとう都市中を吹き渡っていった。

広場やその周辺に散っていた火種すら取り込んで消火し——銀の風は、やがて止《や》んだ。

終わりを見届け、気の抜けたようにセシリーは崩れ落ちた。両膝《りょうひざ》をつき、レイピアを取り落とし、焼け爛《ただ》れた右手を胸に抱いて地面に突っ伏してしまう。

「……っつ」

「セシリー！」

風が頬《ほお》を撫《な》ぜた。

アリアは瞬《またた》く間に人間の姿を取り戻していた。彼女の服はところどころが焼け焦げ、素肌には無数の裂傷を負い、そしてその顔は涙と汗と鼻水にまみれていた。

彼女はセシリーの焼け爛れた右手を引き寄せ、その胸に強く強く抱き締めた。言葉も無く号泣した。セシリーはやつれた顔で微笑《ほほえ》み、左腕でアリアを抱き寄せた。

セシリーが視線を転じると、地面に裸の男が横たわっていた。右腕が断たれ、左手の指はすべて抉《えぐ》られたように失われ、ただの空洞と化した双眸《そうぼう》を持つ男。その肢体は痩《や》せ細り、異臭を放つほど火傷《やけど》に覆われていた。まだ辛うじて何かを呻《うめ》いてはいたが、誰《だれ》の目にも彼の命は風前の灯だった。

セシリーはアリアの手を借りて立ち上がり、男を見下ろす。

「あなたには時間が無い。だから手短に問う」

この声が届いているのかはわからない。だがセシリーは聞かずにはおれない。

「あなたの名前を、教えてほしい」

男の口からはひゅうひゅうと風が鳴った。喋《しゃべ》ろうとしている。しかしそれが言葉にならない。駄目《だめ》か、とセシリーが諦《あきら》めかけたとき、

「…………ジャック……ストラダー」アリアが言った。「彼の風は、そう発声してるよ」

ありがとう、とセシリーは頷《うなず》いた。

「ジャック・ストラダー。私の名前はセシリー・キャンベル。あなたを殺した女だ」

セシリーは男を見つめる。一瞬たりとも目を背けはしない。

「私の名前をゆめゆめ忘れるな。私もあなたの名前を永遠に忘れない」

絶対に忘れない。あなたの死は私が背負う。だから。

「もう苦しむことは無い。安らかに眠れ」

最後の言葉は聞いてもらえなかったかもしれない。それより早く、男の肉体は灰のよう

に音も無く崩れ、風化してしまったからだ。

風に乗って上空に舞い上がる灰。セシリーは無言で見上げた。

胸の中でアリアが言った。

「……彼の風が遺言を残してくれたよ」

「聞こう」

鼻を啜《すす》り、泣き顔を上げてアリアは微笑を浮かべた。

「わすれない、って……」

9

数日後、独立交易都市では亡くなった人々の共同葬儀が行われた。

市民が十七名、外地人が八名、自衛騎士団団員が二十二名。

外地人の分を除く三十九の棺《ひつぎ》が葬列により運ばれ、六番街の共同墓地に埋葬された。

都市中を包んだ悲しみの気配は、しかしすぐに忙しさによって薄れる。今回の事件のため中止になった市《いち》を再開しようという動きがあるのだ。

悲しみを悲しみのまま終わらせず、せめて死者と残る者の慰みとなる祭りを──。それは都市の公務機関が促したものではなく、市民が自発的に始めたことだった。

こうして独立交易都市は、元の機能を取り戻していく。

そして。

早朝、セシリーは三番街の公務役所を訪れ、真《ま》っ直《す》ぐにとある一室を目指した。その途中で事件の事後処理に追われるハンニバル・クエイサーとヒューゴー・ハウスマンのふたりとすれ違った。ハンニバルには手を振って簡単に挨拶《あいさつ》を済ませ、ハウスマンとは意味あり気な微笑を互いに交わした。

セシリーがたどり着いたのは外来用の客室。軽くノックをして入室すると、窓辺にひとりの女性が立っていた。振り返った彼女はこちらを見て嬉《うれ》しそうに頬《ほお》を緩めた。

「見送りに来てくれたんだ。ありがとう」

挨拶もそこそこにアリアはセシリーに駆け寄ってきた。そして事件後から毎日そうするようにこちらの右手を手に取った。

その掌《てのひら》には皮膚《ひふ》の爛《ただ》れた火傷《やけど》があった。奇跡的に機能障害を来すことはなかったが、皮膚が元通りになることは無いだろうとの診断を受けている。

「……傷、残っちゃったね。ごめん」

「謝る必要は無い。この傷は私の誇りだ」

誇り？とアリアは目を瞬《しばた》かせる。

「アリアを守れた」

彼女は頬を強張らせ、うつむいた。

「また、人を殺しちゃった」

「君のせいではない」

「変わらないよ。あたしの刃は血に濡《ぬ》れた」

あーぁ、とアリアは顔を上げた。

涙目だった。

「今回は大丈夫だと思ったのになぁ。残念だ。……でも、楽しかったよ？　セシリーと出会えたから。お友達になれたから」

セシリーは頷《うなず》く。

「今日でお別れだね。私も君と出会えて良かった」

「もうすぐ出発だよ。あたしの持ち主さんがね、今度は群集列国の辺境に行くの。こんなことになっちゃってずいぶんと出発が遅れちゃったけど」

「……」

「旅するのが好きな人でさ、一箇所に留《とど》まっていられないんだって。……あたしとしてはもう少しこの街に残っていたいけど――仕方ないよね」

「……」

「出発までもう少しあるから、お話しよ？　また会えたときに笑顔で話せるように」

アリア、とセシリーは彼女の名前を呼んだ。

ん？とアリアは首を傾《かし》げた。

「まだこの事件の首謀者は見つかっていない」

未《いま》だその正体は謎《なぞ》である『商人』。騎士団では今回の市《いち》での悪魔事件も同じ人物が仕掛けたと踏んでいる。何故《なぜ》あのような暴挙に及んでまで『魔剣』を狙《ねら》ったのかは不明だが、自衛騎士団は今後も彼の存在を追うつもりだ。

「この短期間に二件もの悪魔契約の事件が起こった。これは異常な事態だ。たくさんの犠牲が出た。我々は首謀者を許さない。全力で追い、見つける。近々大陸法委員会の査察も入るかもしれない」

「そうなんだ」

「君もまた狙われることがあるかもしれない」

「……そうだね。でもそこはあたしの持ち主さんが・・・・・・・・・・・・」

「君の所有者は魔剣の所有権を放棄した」

「……。」

……。

しばしアリアは硬直し、いつかのようにぱちぱちと目を瞬《しばたた》かせていた。

だがゆっくりと飲み込んでいき、大きく瞳《ひとみ》を見開いた。

「魔剣は悪魔契約を駆使する人物、または組織に狙われている。個人が対抗できる相手ではない。その危険性に鑑《かんが》み、君の元所有者は魔剣の所有権を放棄した。そしてそれを市長のハウスマン氏が公費で買い取った」

アリアはぱくぱくと口を開け閉めしている。

「『魔剣アリア』は独立交易都市の公的な備品となる。都市は全力で魔剣を守ると同時に、魔剣を機に事件の首謀者である商人の捜索を行う。……肝心の魔剣の保管場所だが」

セシリーはいたずら心を働かせ、無表情に、事務的な口調で続けた。

「一箇所に厳重に保管するという案もあったが、それは却下された。保管するにせよ持ち運びするにせよ、どちらにしても警護の人間が必要になってくる。あまり意味は変わらない。よって『魔剣アリア』には常時、騎士団の団員が警護につき、暫定《ざんてい》的に所有することになった。その団員も悪魔相手に対抗し得る人物、ということで選抜が行われた」

ようやく結論だな、とセシリーは唇の端を歪《ゆが》めた。

「それが私だ。……今回の事件の功績が評価されたよ、アリア」

アリアの目から大粒の涙がこぼれた。

「本当なの……?」

「ああ。今日から私が君の警護に就く。……だからひとつ、言っておこう」

セシリーは指の腹でアリアの涙を拭《ぬぐ》い、

「アリア。君は『誰《だれ》かを傷つける剣』などでは決してない」

拭っても拭っても溢《あふ》れる涙。湿る瞳《ひとみ》。セシリーはそれを強く見つめ返す。

「君は『誰かを守る剣』だ」

剣は戦うための道具である。

だがその意義はそれを持つ人間によっていくらでも変えられる。

殺すための剣は守るための剣に。

アリアはきっと、そんな剣になれる。

「約束してくれ。私と共にこの都市を守ると。守る剣になると」

『君は私の友人になれ』

「君は私の戦友になれ」

涙は止《と》め処《ど》なく溢れ、こぼれ続ける。しかし彼女はごしごしと荒っぽくそれを拭い、洟《はな》を啜《すす》り、形だけでも表情を引き締めた。

胸に手を当て、ひざまずいて。

「仰せのままに」彼女——魔剣アリアは答えた。「剣の輝きに誓って、約束します」

そして涙目で笑う。

「剣に二言《にごん》は無いよ！」

独立交易都市六番街、共同墓地。

今回の事件でたくさんの命が失われ、墓標も増えた。

そのひとつにとある男の名前が刻まれていることを、知る者は少ない。

（第3話「魔剣」了）

The Sacred Blacksmith

第3話——魔剣

Sword

Epilogue　エピローグ

「やはりリサの作る料理は美味《うま》い」

「えへへ。ありがとうございます」

「うんうん。これなんか辛味がたまらないよねー」

「アリア、たくさん食べなさい。君はあの事件でずいぶんと傷ついてしまったから」

「そうですよ。まだまだたくさんありますからね!」

「うわぁ、ありがとー。霊体うめー」

「…………なんっ、で」

それまで黙々と食事を行っていたルークが、とうとう叫《さけ》んだ。

「当然のようにお前らがいるんだよ!」

陽射《ひざ》しの暖かく降る、心地良い昼時。

工房《アトリエ》『リーザ』の屋外で、ルーク、リサ、セシリー、アリアの四名は一名を除いて和気《わき》藹々《あいあい》と食卓を囲んでいた。卓《つくえ》一杯に並べられているのはたくさんの手料理だ。

セシリーは呆《あき》れたようにルークを見やった。自分の取り皿に取り分けた肉団子にフォークを差しながら、

「リサが招待してくれたのだぞ。事件も一段落したことだし皆でお祝いをしよう、と。空気の読めない奴《やつ》だな」

「その祝いの報《しら》せを——」

ルークがぎろりと睨《にら》みつけると、リサは小動物のように卓の下に隠れてしまった。

「どうして主人の俺《おれ》が知らない」

「私が口止めしたからな」

「お・ま・え・はー！」

ルークはがんがん卓を叩《たた》くがセシリーは意に介した様子も無い。戻っておいでと卓下のリサに呼びかけている。恐る恐る頭を覗《のぞ》かせたリサはルークの怒りの眼差《まなざ》しとかち合い、再び卓の下に引っ込んだ。

「ルーク！　いい加減にしないか！」

「何故《なぜ》俺が叱《しか》られるっ？……そもそもだ」ルークはセシリーにフォークを突きつけ、「お前はそこの魔剣もどきの大食らいの所有者になったんだろう？」

そこの、というのは肉団子を三つも四つも頬張《ほおば》っているアリアのことである。

「魔剣もどきとは失礼ね」

「同じだろうがこの悪魔が」

「うわ、ひどっ。リサはよくこんな主人の許《もと》で働けるよねー」

「ル、ルークはいい人ですよ。悪魔の、こんな私を働かせてくれて」

「お前はよけいなことを言うなっ」

「は、はいいぃっ」

「ルーク！　リサに当たるな！」

——奇妙な関係だ。

セシリーは思う。

ここに集っているのは人間がふたりと悪魔がふたり。異種の両者がこうして普通に同じ食事を取っている。恐らくは大陸史上稀《まれ》に見る風景なのではないだろうか。そう思うと笑えてくる。

ルークとリサのことを、セシリーはまだよく知らない。

彼の隻眼《せきがん》や悪魔であるリサの素性、彼女を生み出した経緯——疑問はいくらでもある。

しかし無理にそれを聞き出そうとは思わない。もちろんリサが悪魔であることを告発する気も無い。アリアの一件では大きな借りもある。

野暮な詮索《せんさく》やお節介は関係を壊す。

——少しずつ、知っていけばいい。

こうして食事を共にしたり街に繰り出したりして。

あくまで友人として、ゆっくりとふたりを知っていこう。

セシリーはそう決めていた。

「とにかくお前は剣を手に入れたんだろう。じゃあここにはもう用は無いはずだ」

「確かに私はアリアと出会えたが。しかしそれとこれとは別だ」

「別だと？」

「私は私の友人であるリサに会いたいし、やはりあなたの作る刀は魅力的だ。アリアも常にレイピアの姿でいるわけではない。というわけでやはり一本鍛えてもらいたい。……分割後払いで」

「お前は本当に面の皮が厚いな、セシリー・キャンベル」

「ふふん」

「胸を張るな。無駄に大きくて目障りなんだよ」

「なっ……、ど、どうしてそこで私の胸の話になる!?　いやらしい！」

「いやらしいのはお前の胸だ」

「そこに直れ色情魔がっ！」

……こいつのことは知らなくてもいいかもしれない。くずが。


（聖剣《せいけん》の刀鍛冶《ブラックスミス》「一、騎士」了）

あとがき

新シリーズだしデビュー二周年だし記念に赤い下縁眼鏡でも買おうか迷う今日この頃《ごろ》。はじめましてこんにちは。またはお久しぶりですこんにちは。三浦《みうら》です。

本書は『聖剣《せいけん》の刀鍛冶《ブラックスミス》　#1.Knight』ということで火花迸《ほとばし》る新シリーズです。前作『上等。』シリーズが完結してから七ヶ月、ようやく本が出せました。嬉《うれ》しいです。

この物語は独立交易都市という舞台で、刀鍛冶の青年ルーク、その助手の少女リサ、そして女騎士のセシリー——この三者を中心に動いていきます。前作『上等。』と違いファンタジーということですが、なんだかんだで根底にあるものは変わりません。熱い物語にします。

少しでも楽しんでもらえたら光栄です。

新シリーズを執筆するにあたって、資料を集めたり実際の鍛冶工房《かじこうぼう》さんに取材を行ったりしましたが、もしかしたら間違った知識が載せられていることがあるやもしれません（ある程度の嘘《うそ》設定は織り交ぜてはいますが）。もしもそのようなものを発見したらそれはまず間違いなく僕の勉強不足に起因するものなので、遠慮《えんりょ》無く「ばーかばーか！」と指差して嘲笑《ちょうしょう》してください。試される大地・北海道から全国に向けて土下座いたします。

今シリーズも担当のKさん、絵師の屡那《るな》さんと強力タッグを組んで邁進《まいしん》いたします。Kさん、ビシバシお願いします。屡那さん、ガンガンいきましょう。ふたりにありがとう。快く取材に応じてくださった伊達《だて》市の黎明観鍛刀場《れいめいかんたんとうば》刀工《とうこう》・渡邉惟平《わたなべこれひら》様（人間国宝の方のお弟子さんだったそうです）に感謝のお言葉を。また、こちらの素人《しろうと》丸出しの質問にとても丁寧に答えてくださった渡邉様のお弟子さんにもやまない感謝を。予備知識としていろいろ僕の疑問に答えてくださった清水《しみず》さんにも迸るお礼を。本当にありがとうございました。

本書の出版に係《かか》わったすべての人に、ありがとうございますです。できればこれからもありがとうございますが言えるような関係でいてもらえたらありがとうございますです。

最後に読者様にみなぎる愛を捧《ささ》げて。

この作品がどこまで行けるかわかりませんが、やれるところまで上等です。相変わらず未熟でいたらない俺《おれ》ですがどうかよろしくお願いいたします。

それではまた、機会に恵まれたら会ってください。

平成十九年十月　三浦勇雄《いさお》

MF文庫J

ファンレター、作品のご感想をお待ちしています

あて先

〒150-0002
東京都渋谷区渋谷3-3-5
NBF渋谷イースト
メディアファクトリー　MF文庫J編集部気付

「三浦勇雄先生」係
「屡那先生」係

http://www.mediafactory.co.jp/

聖剣の刀鍛冶《ブラックスミス》

発行　2007年11月30日　初版第一刷発行
2009年1月19日　第七刷発行

著者　三浦勇雄

発行人　三坂泰二

発行所　株式会社
メディアファクトリー
〒104-0061
東京都中央区銀座8-4-17
電話 0570-002-001
（カスタマーサポートセンター）

印刷・製本　株式会社廣済堂

ISBN 978-4-8401-2083-8 C0193

「――上等だ!!」

著：三浦勇雄　Illustration:屡那

クリスマス上等。　　バレンタイン上等。　　ホワイトデー上等。　　ジューンブライド上等。

第5回　MF文庫J
ライトノベル新人賞　募集要項

ＭＦ文庫Ｊにふさわしい、オリジナリティ溢れるフレッシュなエンターテインメント作品を募集いたします。他社でデビュー経験がなければ誰でも応募OK！　希望者全員に評価シートを返送します。

賞の概要

年4回の〆切を設け、それぞれの〆切ごとに佳作を選出します。選出された佳作の中から、通期で一位に選ばれたものを『最優秀賞』、二位に選ばれたものを『優秀賞』とします。

[最優秀賞]　正賞の楯と副賞100万円
[優秀賞]　正賞の楯と副賞50万円
[佳　作]　正賞の楯と副賞10万円

応募資格

不問。ただし、他社でデビュー経験のない新人に限る。

応募規定

◆未発表のオリジナル作品に限ります。
◆日本語の縦書きで、1ページ40文字×34行の書式で100～120枚。
◆原稿は必ずワープロまたはパソコンでＡ4横使用の紙（感熱紙は不可）に出力(両面印刷は不可)し、ページ番号を振って右上をWクリップなどで綴じること。手書き、データ(フロッピーなど）での応募は不可。
◆原稿には2枚の別紙を添付し、別紙1枚目にはタイトル、ペンネーム、本名、年齢、住所、電話番号、メールアドレス、略歴、他賞への応募歴(結果にかかわらず明記)を、別紙2枚目には1000文字程度の梗概を明記。
◆メールアドレスが記載されている方には各予備審査〆切後、応募作受付通知をお送りいたします。いずれも、一次通過者への通知を行います（メールアドレス記載者のみ）。
＊受信者側（投稿者側）のメール設定などの理由により、届かない場合がありますので、受付通知をご希望の場合はご注意ください。
◆評価シートの送付（第5回より、80円切手の貼付が不要になりました）を希望する場合は、送付用として長3形封筒に、宛先（自分の住所氏名）を必ず明記し、同封してください。
＊長3形以外の封筒や、住所氏名の記入がなかった場合、送付いたしません。
＊なお、応募規定を守っていない作品は審査対象から外れますのでご注意ください。
＊入賞作品については、株式会社メディアファクトリーが出版権を持ちます。以後の作品の二次使用については、株式会社メディアファクトリーとの出版契約書に従っていただきます。

選考審査

ライトノベル新人賞選考委員会にて審査。

2008年度選考スケジュール（当日消印有効）

第一次予備審査2008年　6月30日までの応募分＞選考発表／2008年10月25日
第二次予備審査2008年　9月30日までの応募分＞選考発表／2009年　1月25日
第三次予備審査2008年12月31日までの応募分＞選考発表／2009年　4月25日
第四次予備審査2009年　3月31日までの応募分＞選考発表／2009年　7月25日
第5回MF文庫Jライトノベル新人賞 最優秀賞　選考発表／2009年　8月25日

発表

選考結果は、ＭＦ文庫Ｊ挟み込みのチラシおよびＨＰ上にて発表。

送り先

〒150-0002　東京都渋谷区渋谷3-3-5 NBF渋谷イースト
株式会社メディアファクトリー　ＭＦ文庫Ｊ編集部　ライトノベル新人賞係　宛
＊応募作の返却はいたしません。審査についてのお問い合わせにはお答えできません。